らも

中島らもとの三十五年

中島美代子

集英社文庫

この作品は二〇〇七年七月、集英社より刊行されました。

らも　中島らもとの三十五年　目次

【カバー写真】

仲間たちが借りていた東京・立川市の米軍ハウスにて。らもと美代子、二十二歳の頃。

らも

中島らもとの三十五年

序章　さよなら

二〇〇四年七月十五日も、いつもと変わらない夜だった。

深夜零時を過ぎても、私は忙しい。

我が家はちょっとした植物園であり、動物園でもある。私は子育てが終わっても、園芸飼育をしているのだ。いつも動物と植物の世話で忙しい。

庭にある、私ことミーの手作りの温室には、何十種類ものサボテンと多肉植物、ラン、食虫植物、シダやその他たくさん植物を育てている。植え替えをしたり、水をやったり、いくらでもやることがある。

家の中には、犬のペロ、猫のきんちゃん、兎《うさぎ》のキナオともんきゅう、チンチラネズミの小筆ちゃん、ジャンガリアンハムスターの背筋丸、ナミヘビのカリフォルニアキングスネークと、シナロアミルクスネーク、ハリスコミルクスネーク、やもりのヒョウモントカゲモドキ二匹、トラフサンショウウオ科のメキシコサラマンダー、オビタイガーサラマンダー、ヒメニオイ亀、ロシア陸亀、スッポン、魚類ではシルバーアロワナ、肺魚からグッピーまでいる。サソリ、タランチュラも飼っているので、これらにも最低限の世話をしなければならない。

水槽の水換えをするために、台所から大きなテーブルがあるリビングまで配管工事をした。これでずいぶん楽になったのだが、ちょっと油断していると、床のカーペットに水がこぼれてしまったりして、グショグショになる。

飼育係の仕事をようやく終えた私は、いつものように、食卓兼らもの仕事机兼仲間が来たときに向かい合うためのテーブル兼、その他いろいろに使っている、中島家の中心にどかーんと置いてあるオールマイティーの大きなテーブルで本を読みながら、らもの帰りを待っていた。

「それにしても遅いな」

そう思いはじめたのは明け方の四時近くだった。この頃の私たち夫婦の就寝時間は夜中の三時か四時だったので、普通なら、らもはもう帰ってきてもいい頃だった。するとと、私の気持ちを見透かしたように、電話が鳴った。

昔から、我が家は夜中でも電話が鳴る家だったから、私は驚かない。もしかしたら、らもかなと思った。でも、らもではなかった。

「ご主人が階段から落ちられまして」

電話の向こうから聞こえてきたのは、救急隊員と名乗る見知らぬ人の声。

一瞬何のことか理解できなかったが、どうやら、らもが酔っぱらって階段から落ちたらしいということがわかった。しかも大ケガをして神戸大学医学部の附属病院に運ばれたというのだ。

「え、こんな時間にどうやって行けというの」

我が家のある宝塚の雲雀丘《ひばりがおか》から神戸まで、阪急電車とJRに乗れば四十五分ほどの距離だ。だけど、こんな時間では電車は走っていない。タクシーもない。オートバイで行ったら、私は事故る。とにかく大阪の吹田《すいた》で暮らしている長女の早苗《さなえ》に電話をした。そして、早苗と夫のモトキが家に到着するのを待って、一緒に病院へ向かった。

その日、らもは神戸で行われた三上寛《みかみかん》と「あふりらんぽ」のライブにギターを持って出かけていった。その頃、らものロック魂は燃えていたようで、少し前にも同じようにして京都まで出かけたことがある。ライブには私も誘われたが、とりたてて興味がなかったので行かなかった。

「行ってきます」

いつものようにそう言って、らもは阪急タクシーで、三宮《さんのみや》まで出かけていった。彼は三宮に出るのも大阪に出るのも、阪急タクシーを使っていた。その夜、私は何て言ってらもを送り出したのだろう。

「行ってらっしゃい」だったか、「じゃあねー」だったか……。

私たちが病院に到着したのは六時過ぎだった。迎えてくれた三十代の医師から告げられた言葉は、予想以上に深刻なものだった。

「今、自発呼吸もできない状態です」

階段から落ちたときに後頭部を激しく打った衝撃で脳が前に押されて、前頭葉がつぶれてしまったらしい。

「このままでは出血が激しく、さらに脳がつぶれ、六時間ほどで亡くなるでしょう」

先生は、冷静な口調でらもの状況を伝えてくれた。私は手術をしてもらうことにして、同意の書類に判をおした。

「意識が戻るかどうかは、わかりません。幸い戻ったとしても、今までどおりのことはできないでしょう」

運び込まれた患者が中島らもだということを知っていた先生は、こう続けた。

「作家活動はまず無理でしょうが、全力を尽くします」

先生の言葉から事態は深刻だということは理解できたのだが、そのときの私は、まさか、らもが死ぬとは思いもしなかった。これまでも、らもは何度も死の淵《ふち》から生還してきた。らもが死ぬはずはない。先生が何を言おうが、私にはらもと死とを結びつけるなどとてもできなかった。

手術が終わるのを待っている間、マネージャーの長岡しのぶと、らもの長年の親しい編集者である小堀《こぼり》純《じゅん》さんが病院に駆けつけてくれた。待合室のようなところで、みんな、普通に話しながら手術が終わるのを待っていた。不思議なことに、そこに悲愴感《ひそうかん》は漂っていなかった。

夜の九時になってようやく手術が終わった。十五時間以上もかかった大手術だった。

手術を終えてＨＣＵ（集中管理病棟）に戻ったらもは、包帯で頭をぐるぐる巻きにされ、顔全体が腫れていて、目が飛び出しているように見えた。

先生は、淡々と説明してくれた。

「手術自体は成功しましたが、この先どうなるかはまだ何とも言えない状況です」

らもは頭の中で出血していたため、切開し、脳の圧を、骨を取り除くことによって外に逃さなければならなかった。

手術が終わったあとも、私たちは病院の家族控え室のようなところでずっと待機していた。その何日かの間、「今、輸血をした」とか、「こんな処置をしている」とか、らもの様子は先生によって逐一報告された。そのひとつひとつをそこにいる誰もが冷静に受け止めていた。

みんなの心の中で、らものケガはきっとマスコミを騒がすだろう、それをらもは望まないに違いない、極力このことは外部に知らせないでおこうと、暗黙の了解がとれていた。そして、自分たちも、しっかり落ち着いて事実と向かい合わなければという気持ちがあった。

「これからどうなるんだろうねぇ」

「犬や猫は何してるかなぁ」

そんな緊迫した状況にはまったく似合わない話を、子供たちと交わしていたような気がする。仕事のことはマネージャーの長岡がすべてやってくれるので、私は何もすることがなく、ただらもの容態がよくなってくれることを祈るしかなかった。

ずっと予断を許さない状況が続いていた。でも、相変わらず、私はらもが死ぬことをまったくイメージできないでいた。

けれど、事故が起こってから一週間が過ぎた頃、ふと気づいてしまった。自分で呼吸をしていない今のらもは、植物状態になってしまったのではないだろうか。

「もし自分が植物状態になったら、すぐ殺してほしい」

以前からもらは言っていた。そのらもが言っていた状況が、まさに今なのではないか。

らもはよく、自分が死ぬときのことを私に話して聞かせていた。「そんなに死ぬの好きなんかいッ」と言いたくなるぐらい何度も何度も、自分が死ぬことを話すのだ。

「僕はお酒飲んでるから、そんなに長生きしない。覚悟しといて」

ことあるごとにそう聞かされていたから、今こうして彼がベッドに横たわっていることは、ある意味、私にとって練習問題を繰り返して臨んだテストのようなものだった。

病院に駆けつけてくれたらものお兄さんが、生命維持装置やら、いっぱいいっぱい管がついた包帯だらけの弟を見て、ポツリと言った。

「機械で生かされているような生き方を、裕《ゆう》ちゃんは望むだろうか……」

小さい頃かららもは、自分はこの二歳年上のお兄さんと仲がよくないと思っていたらしい。よく私に、お兄さんとの葛藤を話していたが、私は決してそうじゃないことをよく知っていた。

らも、ほら、お兄さんは、らもの気持ちをこんなにわかってくれてるよ。

私は、お兄さんの横で、意識のないらもにそう語りかけた。

「延命はしないでください」

私は、らもの最後の願いを叶《かな》えるために、先生に告げた。


七月二十六日。二人の子供たち、長男晶穂《あきほ》と早苗、お兄さん、それから長岡と小堀さんが見守る中、らもの心臓はそっと動きを止めた。蘇生措置《そせいそち》はしない。そのまま人工呼吸器を外してもらった。

らもは階段から落ちて以来、一度も意識が戻ることなく静かに息を引き取った。

死因は、脳挫傷による外傷性脳内血腫。享年五十二。

転落から十日たって、らもは逝ってしまったのだ。

らもが大ケガをして、危ないかもしれないと医師に告げられてから、彼が生死の境をさまよう十日間を一緒に過ごした。私にとってその十日間は、らもがこの世からいなくなってしまうということを、心が少しずつ少しずつ理解するための準備の時間だったような気がする。

私は十九歳のとき、十八歳のらもと出会った。出会ってすぐにらもに申し込まれた。

「つきあおう」

でも、失恋したばかりだった私は、首を横に振った。

「別れるのがつらいから、つきあわない。友達のままがいい」

「別れるときは、絶対、ミーを悲しませない。二人で山に登ろう。山を下りるときは僕がおぶってあげるから。別れのない出会いはないけど、ね」

それから私たちはつきあいはじめ、結婚して、子供を育て、この日まで夫婦として生きてきた。

らもは、あのときの約束を忘れていなかったんだと思った。もし、いきなり階段から落ちて亡くなりましたと言われたら……私はきっとその意味を納得できなかったような気がする。ショックと悲しみに耐えられなかったかもしれない。

だから、らもは、私を絶望させないように、私が、らもの死を受け入れられる時間をちゃんと与えてくれたのだ。もちろん、私にだけではなくて、子供たちや、愛する友人たちに対してもさよならを言うための猶予をくれた。

らもはほんとうに優しくて、いいやつだった。死ぬときも、生きている人への配慮をして死んでいったのだ。やっぱりらもはえらいなぁ。

「階段から転げ落ちて死ぬという、そんなトンマな死に方がいいな」

つきあいはじめた頃からのらもの口癖だ。だから、彼は自分が願っていたとおりに死んでゆけて満足しているだろう。そうだよね？　らも。

お葬式は、マスコミを避ける意味もあって――何しろ、いろいろ世間を騒がせていたので――神戸にある葬場で密葬にした。

お通夜は家族と、お兄さんと甥《おい》っ子と、長岡と小堀さん、私とらもの三十年来の友人である八幡英一郎《やわたえいいちろう》と鈴木創士《すずきそうし》、私の弟夫婦、その子供が集まった。らもの望んだとおり、無宗教で、祭壇もなく焼香もしなかった。その夜は「じゃあ明日」と言って、葬場にらもを置いてみんなそれぞれの家に帰っていき、不寝《ねず》の番も何もしなかった。

翌日の葬式も同じように、家族と親族、少数の友達とでひっそりと執り行った。頭に包帯を巻いたままのらもの遺体が横たわった棺《ひつぎ》の中には、ネーム入りの原稿用紙に鉛筆、日本酒とウィスキー、帽子、ギター、ピック、眼鏡、それから山ほどのロングピースを入れ、みんなで、鵯越《ひよどりごえ》の火葬場のある山まで行った。

私たちはお昼を食べながら、らもが遺骨になるのを静かに待っていた。快晴であった。そのとき、私は何を思っていたのだろう。今では、よく思い出せない。

遺骨になったらもを骨壺《こつつぼ》に入れて、早苗が運転する車で家に連れて帰った。それから、ほんとうはいけないことなのだけれど、骨の一部を、らもが生前願っていたように庭に撒《ま》いた。

家に入ると、らもがたいそう可愛《かわい》がっていたヨークシャーテリアのペロが尻尾を振りながら私たちを迎えてくれた。

ペロは、半年以上を小さなペットショップのケージの中で過ごしていた売れ残りの犬で、大きくなってしまって三万円に値下げされたときに、私が買った。買わなくちゃ、殺されそうだった。らもは、シベリアンハスキーのような大型犬が好きだと言っていたくせに、小さくて可愛いペロにすぐに参ってしまい、私からとりあげて、毎晩一緒に抱っこして眠った。

「ペロは俺が気に入ってるから。ペロは俺のもんだよ」

ペロを抱きしめて、自慢そうに言っていた。

ペロは、らもがいなくなってから、目に見えて落ち着きがなくなった。ときどき、あらぬ方を見て喜んだり、吠えたりした。きっとらもが、まだいたのかもしれない。ペロが見るほうは、なんだか温かい感じがしたもの。しばらくして、ペロにチック症状がではじめて、落ち着くまで半年以上はかかった。可哀想《かわいそう》な犬。

ペロは今でもらもが着ていた上着を咬《か》んだりして、大事に大事にしてじゃれている。可愛いなと思う。

私は、準備期間をもらったから大丈夫。

でもね、人はペットより先に死んではいけないんだよ、らも。

第一章　一生分のキス

らもと出会ったのは、私が神戸山手女子短期大学（現・神戸山手短期大学）に入った一九七〇年の九月のことだった。

短大生になった二カ月後に私はオートバイで事故を起こし、鎖骨を骨折して、少しの間、入院生活を送っていた。夏には、半年つきあったサワ君と別れたばかりだった。あんまりいいことがない十九歳の秋だった。

そんな私をなぐさめてくれようとしたのか、短大の友達が、三宮に面白いジャズ喫茶があるからと、「KNEE KNEE（ニーニー）」へ連れていってくれた。短大は元町の上にあったから、学校から「ニーニー」まで歩いて二十分もあれば行けた。そこは地下にある小さな店だった。

大音響で流れるジャズを聴きながら、私はロングピースを吸っていた。十五歳から煙草《タバコ》を吸っている父から、「短大に入ったら煙草を吸ってよろしい」と許可を得て、私は煙草を吸うようになっていた。

小さなテーブルの上に、パッケージがグリーンの見知らぬ煙草があった。ゴールデンバットと読める。どんな煙草であろうと思ったとたん、私は前の席に座っている人に話しかけた。

「これ、くれる?」

不二家のポコちゃんみたいな可愛《かわい》い顔に、センター分けしたサラサラヘアの男の子がいた。それが灘《なだ》高校の三年生で、八幡英一郎、通称ボンだった。

その日から、私は、「ニーニー」に通うようになった。誘ってくれた短大の友達と一緒に行くこともあったけれど、いつか一人で行くようになっていた。森の中の大きな家で野生児のように育った私は一人でいるのも好きで、薄暗くて一人になれる、都会でそんな場所と言ったら神戸ではジャズ喫茶ぐらいしかなかった。

「ニーニー」に通いはじめると、ボンと顔なじみになり、何かの拍子に、彼から中《なか》島裕之《じまゆうし》という仲間がいることを聞かされた。しばらくたって、その中島裕之、つまりらもがボンに連れられて「ニーニー」へ姿を現わした。

はじめて会ったらもは、髪の毛を腰まで伸ばして、牛乳ビンの底のようなレンズの黒縁眼鏡をかけていて、あんまり男前じゃなかった。むしろ暗がりの中で見たら、怖そうな人に思えた。

その頃日本全国の高校では制服廃止運動の気運が盛り上がり、超進学校の灘高もご多分にもれず制服も頭髪も自由化されていた。らもの仲間たちはみんな、思い思いのファッションをしていたが、らもの格好はとにかく独特だった。流行のベルボトムのジーパンをはいていたものの、色あせたTシャツにアーミージャケットをはおり、アーミーバッグを持っていた。

実年齢よりもずっと老けて見えたので、最初「ニーニー」に入ってきたときには、大学生かそこらのおっさんだと思ったぐらいである。とにかくどう見てもモテるタイプではなかった。

初対面のとき、らもはときどき唇を曲げていたが、笑っていたのだとあとでわかった。何もしゃべらなかった。

あとでボンに聞いたら、らもは友人たちに私のことをほとばしるように話し続けていたらしい。彼らが言うには、どうやららもは私に一目ボレしたようだった。それから、らもは足繁《あししげ》く「ニーニー」にやってくるようになった。

らもの自宅は尼崎《あまがさき》の立花にあり、ＪＲ摂津本山《せっつもとやま》にある灘高に通っていた。尼崎から摂津本山までは定期券を持っているが、摂津本山から三宮まで出るには定期は使えず、電車賃が別にかかる。当時のらものおこづかいは一日六百円、それを毎日お母さんからもらっていた。コーヒー一杯が百二十円、煙草を買うのにも八十円ぐらいした時代だ。らもにとって三宮の「ニーニー」に来ることはかなり贅沢《ぜいたく》なことだったはずだが、私が行くと必ずらもはいた。

七〇年はまだ学生運動の盛んな時代で、「ニーニー」にも左翼学生たちがたくさん来ていた。フーテンのたまり場でもあった。ほとんどの人が毎日通っていたから、身内意識が強く、誰もが顔見知りのような店だった。

何度か通ううちに、私はいつの間にか、らもたちのグループと仲よくなっていた。友人たちはらものことを「中島」と呼んでいたが、私は「らもん」と呼んだ。中学時代から白土三平《しらとさんぺい》に傾倒していて、雑誌『ガロ』に漫画を投稿し、詩も書いていたらものペンネームが「Ｒａｍｏｎ」だったからだ。無声映画時代の剣劇スター、羅門光三郎《らもんみつさぶろう》と、マカロニウエスタン映画でオープニングに殺されてしまうラモンという手下の役名からとったらしい。らもはマカロニウエスタンが好きだったが、特にフランコ・ネロが好きなようで、よく彼の顔を描いていた。

私は、本名が長谷部美代子《はせべみよこ》なので、みんなに「ミー」と呼ばれていた。

「ニーニー」ではコーヒーを飲んで、煙草を吸って、ジャズを聴いて過ごしていた。らもはハイライトを吸っていたが、私がロングピースだったので、そのうち、らももロングピースを吸うようになった。らものロングピースへの愛は死ぬまで変わらなかった。

「ニーニー」で過ごしたあと、同じ三宮にあるジャズ喫茶「バンビ」に行くのが習慣だった。

「バンビ」は終戦直後に建ったボロっちい三階建ての小さな店。そこには学生運動家はもちろん、フーテンの生き残り、グラム・ロックかぶれ、チンピラ、アーティストを名乗るナゾの外国人、ミュージシャン風のチンピラなどがたむろしていて、怪しい連中の巣窟のような店だった。

そこでも私たちは何をするわけでもなく、二時間たって追い出されるまでコーヒー一杯でねばった。鈴木創士が、『中島らも烈伝』で「言うなれば関西にある新宿『風月堂《ふうげつどう》』といったところだ」と書いている。『セーヌ左岸の恋』というフランスの写真集の世界に似ていると、創こと創士は言っていた。

はじめて会ったときはほとんど会話らしい会話もしなかったのに、二回目に会ったらもはよくしゃべった。映画の話、本の話、訊《き》けば何でも答えてくれた。漫画も上手だし、話も面白い。さすが灘高、と感心した。

私は、らもの明晰《めいせき》さと知識の豊富さに感服してしまって、怖い人という印象はいっぺんに吹き飛んだ。それに、難しい話もしたけど、「今日の『おそ松くん』がこうだった」とか、くだらない話もいっぱいした。そういうところが、愉快なヤツだった。

ジャズ喫茶でおしゃべりしていると、「静かにしてください」という紙がまわってきてしまう。それで私たちの会話は、いつの間にか筆談になった。大学ノートに言葉を書いて、まるで交換日記のようにやりとりをするのだ。文字にすればどんなロマンチックなことでも言えてしまうから不思議である。らもは私のことを詩に書いてくれたりもした。もちろん、「今日の『おそ松くん』」の話も。

真面目な話とアホな話で、らもとの筆談は飽きることがなかった。らもは本来シャイで口数の少ない人だ。筆談という手段がなかったら、きっと私たちはあれほどコミュニケーションをとることはできなかったろう。

この頃のらもはものすごい数の映画を観《み》ていて、貸本屋の本は全部読んでいるほどの読書量だった。亡くなる数年前は、もうズタボロのバカになってしまっていたけど、若い頃は飛び抜けて頭がよかった。

一度読んだ本のこと、会った人のこと、感銘を受けたこと、すべてが頭の中にたたき込まれていて、瞬時のうちに再現できるようだった。テスト問題も全部頭に入っており、試験が終わったあと「バンビ」にやってきて、友達にその問題から解答までスラスラと説明していた。

「これはできた、これはできない、だから何点」

なんて賢い人なんだろう。

私は、頭のいい人が大好きだ。頭のいい人というと誤解を招くかもしれないが、一所懸命勉強して知識を得たいと望む人、努力する人。そういう人をガリ勉と揶揄《やゆ》するのは間違いで、努力する人はやっぱりえらい。だって、人は知らないことは知りたいと思うから。知ることはとても素晴らしいことで、世界がうんと広がる。

らもが亡くなったあと、私と暮らすようになった母は、最近、よく言う。

「あんた、学校に行っているときは賢いと思わなかったけれど、今、こうやってしゃべっていたらものすごい賢いねぇ」

「らもとしゃべってたから、私のIQが上がったんだよ」

私は、にっこり笑ってそう教えてあげる。

「バンビ」ではお客同士がカップルになることも多かった。らもは出会ってすぐに、私につきあってほしいと言ってきた。漫画が描いてあるラブレターのような手紙もずいぶんもらった。でも、私は出会った直後は、らもに対して特別な相手という感情は持てずにいた。しゃべっていて面白い、仲のいい男の子の中の一人という感じだった。

自分で言うのはなんだけれど、私は、結構モテた。その頃は、らもの灘高グループの他の一人からもつきあってほしいと言われていたし、「バンビ」仲間の一人には、よく車で家まで送ってもらったりもしていた。

でも、そのときは誰ともつきあう気はなかった。失恋したサワ君にまだ気持ちが残っていたし、一人でいるほうが気楽だった。周囲の人にはかなり奔放な女の子に映っていたようで、らもは私を誰かにとられやしないかと気が気ではなかったみたいだ。

この頃、二人で交わした筆談が残っている。表紙に「雑記帖《ざつきちょう》のごつある　Ｒａｍｏｎ私物」と書かれたＢ５サイズの大学ノートは最初どうやら化学のノートだったらしく、「$2Na+2H_2O \rightarrow 2NaOH+H_2$」という公式が鉛筆でたった一行だけ書いてあって、あとは筆談用に化けたものらしい。私たちが、どんな筆談をしていたか――

らもが、最初に聞いてきた。

「マル秘の質問。キリスト（神戸大学の学生で、悩み多き彼はこう呼ばれていた）に惚《ほ》れておるのか？」

「惚れておらん」

「みもふたもないネ」

「何とかしてあげたいと思うのだが、よけい悲しませるケッカになる。困る」

「オトコのコは、ほっとくべきなのだ」

「Me思うに、友達がいないと自分で思ってしまってオルのだ。考え変えるのはMeにはムリ。ホレておればなんとかなるけれど、友達としてなら効果薄いので、友達として何かできることネエかと考えてるところ」

「片思いというのは絶対救いがないのだ。かけた情けがあだになることが往々にしてあるのだ。Ramonの直観的判断ではボンだのピリノだのはデカダンを楽しんでるオモムキがあるからしょげててもほっといていいのだが、キリストはほんとにまいってるカンジなのだ」

「その点、Ｍｅなどになると、オセッカイやきたがるからなお始末わるいのだ。だから人は惚れているとカン違いして希望を持ち、Ｍｅのキモチわかったとき、心の痛手がでっかくなる。Ｍｅも今片思い中でどうしようもナイのはわかってるけどまだ片思いしてる」

「誰に片思いしてるのだ？　言え！（実はオレは週刊明星のマワシものだ）マル秘、マル秘、マル秘。みぃは大変可愛いから実は惚れかかっているのだが、ヤッパ、このへんでくいとめた方がよいのだろうか？　言外無用！　モテモテみぃへ」

「くいとめヨ、くいとめヨ！　オレに好かれると神経まいってガタガタになるのだ。実は片思いの相手もオレがホレたためにダメになってしもたのだ。名前はサワクンと申して、オートバイで知り合った子なのでアル。わかったか」

「今日はキリストとやけ酒飲むのだ！　ファッファッファッ（空《むな》しく笑う）」

「Ｍｅとつきあうとはじめはタイヘン楽しいのであるが、Ｍｅの欠点がみえるとオトコとしてぜったい直したがる。Ｂｕｔなおらない。ザセツするのだ。だからヤケ酒ではなくウレシ酒なのだ。このテイドでヤッテいくと楽しいのだ。Ｍｅはラモンのこと、いい人だと思っとります（みんないい人だと思ってるので）。ゆえに全員に恋してるらしい。ラリラリラ。しかしキライな人もいる。Ｍｅは何かをやってる人ってのが大好きなのだよ。ボヤーとすごしてる人はスカンのや。今、キリストにそれをかんじてる。はふー。イナバが言うとった。片思いしてるようには見えんと。飛んでるようだという。Ｍｅもそうおもう。Ｍｅは体も精神も未発達！　ガクッ」

「Ｒａｍｏｎ君は極度のテレ屋なので何でもチャカしてカモフラージュしておるが、実はわりと打撃なのだ。今日はドライジン買って帰って、柱に頭ぶつけて泣きながらネルのだ。オメエは罪つくりなのだ」

「Ｍｅ、何もしらんがな」

「そういうのを罪作りといふのだ！」

「Ｍｅは友達いなくなるとさびしくて仕方ないのだ。にげないでくれ！」

「ここで逃げたら男がすたるから逃げないのだ！」

「うれちいのだ。みんな片思いで、寄り添って甘えながらニーニーで死のろうか」

この日、風邪をひいていたけれど、私はらもに誘われて一緒に映画『アリスのレストラン』を観に行った。ほんとに他愛《たわい》のない会話の数々。でも、やっぱりこれが恋のはじまりだったと、今ならわかる。

私と出会うまで、らもはあまり女の人を好きじゃなかった。きょうだいはお兄さんだけだし、中学からは灘校という男だけの環境にいたせいだと思う。稲垣足穂《いながきたるほ》が大好きで、萩尾望都《はぎおもと》、大島弓子、山岸凉子《やまぎしりょうこ》などの少女漫画を愛読するようになるらもは、自分で「俺は少年愛だ」と言っていた。いつも男同士でつるんで遊び、酔っぱらって抱き合ってキスすることもあったようだ。

なのに私を好きになったのはどうしてなのだろう。きっと、らもの目に映る私はあまり女っぽくなかったのだ。

当時は「バンビ」の仲間で喫茶店を借り切ってよくダンスパーティーをした。みんなで手分けして店を探し、機材を探し、バンドを組んで演奏をし、お酒を飲んで、めちゃくちゃに騒ぎ遊ぶ。二時間ぐらいたつとたいがいみんなベロベロになってしまうので、お酒を飲まない私がいつも介抱する役目になる。でも、あとでみんなに言われる。

「ミーはしらふやのに、酔っぱらいと一緒や」

私はしっかり介抱していたつもりなのに、どうやら一番暴れていたようだ。らもは、こんな私を気に入ってくれた。

気がつけば、私はらもと二人で過ごす時間が多くなっていた。趣味も合うし、一緒にいると楽しかった。私たちは「ニーニー」や「バンビ」とは別の喫茶店に二人だけで行ったり、映画を観たり、港を散歩したり、そんなごく普通のデートをするようになった。

女の子とデートをしたことがなかったらもは、私とつきあうためにとても頑張った。

私が風邪で寝込んだとき、友達と一緒に家にお見舞いに来てくれたことがある。友達のほうはウサギの瀬戸物の置物を持ってきてくれたのだが、らもはガイコツの灰皿をはにかんで差し出した。お見舞いにガイコツの灰皿というのもどうかと思うが、らもは大真面目にそれを選んできた。らもにとっての私は、ガイコツの灰皿が似合うような女の子だったんだろう。

「何これ……？」

内心そう思ったのだが、それでも嬉《うれ》しかった。らもは極端に人込みが嫌いで、買い物なんかには絶対に行かないといつも宣言していたし、事実それまで誰とも行ったことがなかったのだ。そんならもが、私のために買い物をしてくれた。

でも、私はその頃、前につきあっていたサワ君ともときどき会っていたし、他にもボーイフレンドがいっぱいいた。私には特定の恋人を作ってしまうと、自由がなくなって息苦しくなるという苦い経験があったから、一人に縛られたくないという気持ちがまだどこかに少し残っていた。

そんな私の気心を変える出来事が起こった。

ある日、らもが私をJR摂津本山駅の山の手にある保久良山《ほくらさん》へ連れていってくれたのだ。保久良山は、山というよりは大きめの丘といった感じの場所で、らもは本山第一小学校の体育の時間、よくこの山に登らされていた。それからときどき一人でも訪れるようになり、中学から高校にかけて、学校をサボるようになったらもは、一人でここに登ってはボーッと街を眺めることがよくあった。らもにとって、保久良山は特別だった。

私たちは、保久良山で最初のキスをした。

らもは、それは生まれてはじめて女の子とするキスだったという。らもは、うんとうんと緊張していたのだと思う。突然、ものすごく真剣ならもの顔が近づいてきて、「プチュッ」という感じで私の唇はふさがれた。短いキスだった。

「ごめん」

らもは、私の目をのぞき込んだ。少女漫画の登場人物のように目がキラキラして美しかった。

無邪気にも私は、うっかり口をすべらせた。

「ううん、そんなことないよ。私、誰とでもキスするから」

私には中学のときから恋人がいた。キスも、セックスも、私にとっては相手が望めば応えるもの、一つのコミュニケーションのようなものでしかなくて、それほど大きな意味があるものではなかった。

「悲しいこと言うね」

私の言葉を聞いたらもは、ひどくショックを受けたようだった。たちまち顔が曇る。らもがあまりにも哀《かな》しそうで、淋《さび》しそうだったから、私は胸を衝《つ》かれた。

「あ、ダメだわ。私がちゃんとしないと、らもは、死んでしまうんじゃないか」

私にそう思わせるほどらもの表情は真剣だった。私が真面目に考えないと、らもはきっと絶望してつぶれてしまう。

私は、この瞬間、らもに恋をした。そして、そのときから三十四年間を共に過ごすことになる。

らもが私とつきあいだしたとき、友人たちは心底驚いたようだ。高校時代、授業をボイコットし、シンナーを吸い、睡眠薬を飲み、酒を飲み、音楽と活字に耽溺《たんでき》して毎日をようやく生きのびていたらもは、誰から見ても将来に何の希望も抱《いだ》いていないのは明らかだった。心の中に大きな虚無が巣くっていたらもは、不安と、怒りと絶望の塊だった。

「あの中島が恋をした！　生きようとしている！」

らもは、恋をしてはじめて明日を信じたのだ。

そして私にとっても、あんなに不器用なキスが、それだけであとの長い人生を生きていけるほどの素敵なキスになった。

第二章　野生種のお嬢さまと温室育ちのシティーボーイ

　私は、一九五一年十一月二十五日、長谷部俊吉と葉子のはじめての子供として生まれた。三宮のセンター街にある証券会社に勤めていた父は、同じ会社に勤める、同い年のOLだった母と出会って結婚し、二十四歳のときに私が誕生した。

　私の育った家は宝塚の山の中、阪急電鉄の清荒神《きよしこうじん》の駅から五分ぐらいのところにある、うっそうとした森の中に建つ大きな和洋折衷の館だった。大阪には服部《はっとり》緑地という大きな大きな公園があるが、うちの敷地も服部緑地ほどの広い森で、その中になだらかな丘が二つあった。昭和二十年代の清荒神の駅は今のように整備されたものではなくて、まだ汚い小さな駅だったけれど、そこから続く家のある森まですべてがうちの土地だった。私が生まれた当時、長谷部家の土地は全部で五万坪あったという。幼稚園の頃、遠足で向かった先がうちの庭だったので驚いたことがある。

家はうねうねとした斜面をうまく利用して建てられていて、平屋だが、モダンで美しかった。玄関は八畳ぐらいのホールで、中庭に噴水があり、テラスがあって、部屋は九つあった。当時としては珍しい洋式トイレも二つあったが、それは歩いて二十〜三十分ほど離れた長谷部家の山から水道管をひいてきてこしらえたものだった。働いてくれてた人の部屋もあった。私は生まれてから結婚するまで二十三年間をここで暮らした。

この家を建てたのは祖父である。祖父は建築家ではあったが、今でいうインテリアデザイナーのようなこともやっており、欧米への出張も頻繁で、ハイカラな人だった。私が生まれた頃は引退していたが、外出するときにフロックコートを着て、ソフト帽をかぶっていた姿をよく覚えている。らもが、ライブなどでかぶっていた黒いソフト帽はこの祖父のものだ。

祖父の書斎には、一九二〇年代から五〇年代のシュールレアリスムの資料がたくさんあり、後になって、らもがそれを見つけたときは、とても興奮していた。祖父がフランスの古本屋で買ってきたものらしいが、私や両親、弟たちにはその価値がさっぱりわからなかった。うちの母親が、「こんな汚い本」と言って、数冊あるシュールレアリスムの美術雑誌『ミノトール』を捨ててしまおうとしたときは、らもがあわてて押しとどめ持ち帰った。

私が四歳のとき、弟の直《ただし》が生まれて、五歳のときに末の弟、信《しん》が生まれた。その頃、家には、祖父と祖母、両親、二人の弟、そしてお手伝いさん二人と庭師が一人いた。屋敷の東隣は、父の長姉一家の家で、従兄弟《いとこ》が六人いた。働いてくれてた人の部屋には、遠い親戚の一家四人が住んでいた。さらに、長谷部家にはもっとたくさんの人が出入りしていた。それは、私が小学校に上がるぐらいまで母屋の東隣の建物が宝塚カトリック教会として使われており、大勢の信者さんたちが通ってきていたからだ。なぜ、家の敷地内に教会があるのかといえば、カトリック信者だった祖父が、建物のなかった宝塚のカトリック教会に家の離れを提供したからだ。

うちの家族は全員がカトリック信者だった。私も生まれた翌年に、洗礼を受けている。洗礼名はアレキサンドリアのカタリナ。教会には神父さんをはじめ、慈愛に満ちた人たちがたくさんいた。私は、家族や信者さんたちの愛に包まれ、人を疑うことを知らず、嘘《うそ》をつかず、誰にでも話しかけて、誰にでもついていく子供だった。こうした環境が、私という、普通の人から見れば野生児のような人間を作ったのは疑いようがない。

森の中は自然にあふれていた。小さな頃から花や虫や動物に囲まれて育ち、木登りが得意、ターザンごっこが好きで、風呂敷を首に巻いて月光仮面の真似《まね》をして走っていた。弟二人と従兄弟や、近くに住む建築家の息子たちを手下にして遊び、男の子たちをよく泣かせていた。スーパーマンになるのが夢だった。おかげで、ヘビに咬《か》まれたり、スズメ蜂に刺されたり、木から落ちて骨を折ったりと、小さな頃から生傷が絶えなかった。痴漢を撃退したことは三度、電車の中でちょっかいを出されて取っ組み合いを二回。身体《からだ》は小さくても、腕に自信はあったから、思春期になっても男の子と対等にわたり合った。

やんちゃな暴れん坊で、「ワシ」なんて一人称を使ってしまう私だったが、近所の人たちからは、「お屋敷のお嬢さん」と呼ばれていた。格好だけ見れば、確かにお嬢さまだった。着道楽な母のおかげで、私の服はすべてオーダーメイド。明らかに近所の悪ガキどもとは違う、とても贅沢《ぜいたく》なものだった。

わがまま放題の野放し状態で育った私だが、七つになると、しつけが厳しいことでも知られていた小林《おばやし》聖心女子学院の初等科に入学することになった。祖父が、孫娘をカトリック系の小林聖心へ通わせることを決めたからだ。小林聖心は阪急今津線の小林駅にあって、東京の聖心女子学院の姉妹校だが、ここで私が異分子でないはずはない。

入学したばかりの頃、シスターが母に言ったものだ。

「大変よいお子さんでいらっしゃいますけど、もう少し訓練が必要ですね」

どうやらシスターたちは、私のような破天荒な女の子ははじめて見たようだった。

当時、小林聖心は、一学年に四十人から五十人ぐらいのクラスがひとつしかなかった。中等科で外からの生徒が三分の一ぐらい入ってくるけれど、高等科までほぼ同じ顔と過ごすわけである。聖心での生活はとても楽しかった。鉄棒したり野球をしたりという課外活動も好きだったし、本を読むのも大好きだった。ただ、勉強はあまり得意ではなかった。母はしょっちゅう学校から呼び出されていた。勉強ができないとか、落ち着きがないというのが理由だった。

「なんでこんな簡単なのがわからないんだ！」

算数の問題がわからず、父親に叩《たた》かれたこともある。数字は私にとって理解不能な記号なのだ。英語もただペラペラとわけのわからない言葉にしか聞こえなかった。けれど、小林聖心に通ったおかげで、子供の頃から親しんできたカトリックの教えがさらに私の中に浸透したと思う。

罪を犯してはいけない。

人には親切にしなければいけない。

嘘をついてはいけない。

などなど。だから勉強はできなかったけれど、周りに対して余計なおせっかいはいっぱい焼いていた。


私が小学校四年のとき、祖父が亡くなった。肝臓癌《かんぞうがん》だった。

祖父が亡くなると、我が家にも少しずつ変化が現われはじめた。祖父が健在だった頃は、みんなで一緒に食事をとっていたが、いなくなってからは誰か一人が夕食の時間に遅れ、しばらくしてまた一人遅れるようになり、家族は心棒が折れた傘のように少しずつ少しずつバラバラになっていった。

私が幼い頃、肺結核で証券会社を辞めて、家でブラブラしていた父は、祖父の死後しばらくして、自宅の敷地の中で養鶏場をはじめ、採れた卵を小売りでさばくようになった。私が小学校を卒業する頃の話だ。養鶏場は思いがけず成功した。小売りだから、毎日、現金が入ってくる。家の中には常に多額の売上げ金が置いてあるようになった。台所にはいつも現金の入った籠があり、家族の誰もがそこから好き放題にお金を使うようになった。私は『少年マガジン』や『少年サンデー』などの少年漫画誌を買うのに、籠のお金を使っていた。聖心では少年漫画を読んでいるのは私一人だったが、私は軍艦や戦闘機の専門誌『丸』まで読んでいた。

中等科に上がっても、相変わらず男の子の遊びにしか興味がなく、男の子とばかり遊んでいた。高等科二年生のときにオートバイの免許をとった。実は、それまでも無免許で父が卵の配達に行くために乗っていたホンダカブを家の森で乗り回していて、一度、外に出て警察に捕まったことがあった。そのときは父にうんと叱られ、殴られた。そして、「そんなに乗りたいなら、ちゃんと免許をとれ」ということになったのである。それから休日はもっぱら父のホンダカブを乗り回し、しばらくして、オートバイを買ってもらった。オレンジ色の可愛いオートバイだった。

私は欲しいものを、「買うな」ととめられたことは一度もない。短大時代の小遣いは五千円で、足りなければ台所の籠からもらった。オートバイを乗り回していたので、ジーンズに革ジャンという『あの胸にもういちど』のマリアンヌ・フェイスフルのようなライダールックで過ごしたかった。でも、母親はそれがとても嫌いで、ブリブリの可愛らしい格好をさせたがった。自分の好きな服を買うときは、父からお金をもらった。

私が神戸山手女子短期大学に入学したのは、司書になるためだ。

中学生の頃、宝塚カトリック教会が宝塚南口に移転したので、それまで教会に貸していた建物を、小林聖心の卒業生がはじめた「みこころの点字会」の点字図書館に貸すことになった。私はそこに顔を出すうちに、将来は図書館で働きたいと思うようになっていた。高校では文芸部に入り、小説や詩を書いていた。

図書館で働くためには、大学に進んで図書館司書の資格をとらなければいけない。東京にある聖心女子大学へ進むには成績がクラスの上位半分に入っていなければならなかったが、私の学力ではとても無理な相談だった。両親が絶対に東京には出さないと言っていたので、聖心女子大への進学はいずれにせよ、最初から選択肢になかった。母は超お嬢さま学校の甲南女子大に行かせたがっていたので、言われるままに受験して、合格した。だが、ここでは司書の資格がとれなかった。だから、資格のとれる神戸山手女子短大へと進んだ。

私のはじめての恋は、中学二年生のときだった。それまで恋愛などにまったく関心がなかったのに、幼稚園の同窓会で再会した一学年上のマサオ君に、「つきあってほしい」と申し込まれて、とくに嫌じゃなかったから、つきあうようになった。彼は西宮《にしのみや》にある仁川《にがわ》学院に通っていた。

映画を観《み》に行ったり、お茶を飲んだり、『少年マガジン』や『少年サンデー』の貸し借りをしたり、そんな他愛《たわい》のないつきあいだった。でも、それからしばらくして私たちはセックスをした。場所は家の敷地内の森だった。私は何の興味もなかったし、好奇心もなかったが、マサオ君がどうしてもしたいと言う。私は、求められれば拒否することができない。人を思いやり、親切にしなくてはいけないからだ。それに、まだ中学二年だったが、私は中学生がセックスすることがいけないことだという倫理観など持っていなくて、喫茶店へ行ってお茶を飲むことの延長線上にある行為のように考えていた。だから、「じゃあ、いいよ」と、差し出された手を握り返すような気持ちでマサオ君の望みに応えた。

そんな私だから、最初のセックスは痛いだけで、負けたようで悔しかった。ましてや処女を失ったなどという大層な気持ちなど、みじんもなかった。ただ、なんで私はこんな格好してるのかな、早く終わらないかなと思っていただけだ。

それから会うたびに、マサオ君はやりたがった。いつも断るのは悪いかと思ってときには応じるのだが、そのたびに、やっぱり、早く終わらないかなと気もそぞろだった。そうこうしているうちに、ある日母が私たちが寝ている現場を見てしまった。母の驚いたことといったら、なかった。怒り狂い、悲しみ、今にも憤死しそうな母に向かい、マサオ君が言った言葉が、さらに母を当惑させた。

「僕たち結婚しますから」

母は慌てて言った。

「そんなこと言われても困る……」

そりゃそうだろう。それ以来、両親はことあるごとにマサオ君とのつきあいはやめるよう、迫った。両親の言葉は私の耳を素通りした。中二の終わりから高三の終わりぐらいまで四年間、マサオ君とつきあった。カトリックだから、一度つきあった人とは結婚するのは当たり前なのだ。でも、高校三年生になった頃から、私は、マサオ君から自分の気持ちが離れるのを感じるようになった。彼は独占欲がとても強かった。私が男でも女でも関係なく、誰とでも友達になってしまうのが気に入らなかった。マサオ君は、私が流行《はや》っていたミニスカートをはいたときは、「スカートは長くなきゃいけない」と言った。人と争うことが苦手な私は、仕方ないからマサオ君と会うときだけ長いスカートをはいていた。

ところが、高校三年生が終わろうとする頃、私は彼にあっさりフラれることになる。

「彼女ができたから、君と別れたいんだ」

寝耳に水でビックリしたけれど、どこかでホッとする気持ちもあった。三日ほど泣くとさっぱりした気分になって、あっという間に立ち直った。

高校三年の十二月にマサオ君にフラれ、翌年の三月には別の男の子とつきあいだした。彼と出会ったのは仁川の奥のほうにある北山ダムだった。私が一人でオートバイに乗って遊びに行ったとき、ナンパされたのだ。その男の子、サワ君は自動車の整備工場で働いていた。マサオ君のようにうるさいことは言わず、そのままの私が好きだと言ってくれた。

サワ君は中学を出てすぐに働いていて、年齢は私より一歳か二歳下だったけれど、とてもしっかりしていた。私は彼を急激に好きになった。中卒で働いていることも、優しいところも、大きな身体も、オートバイという共通の趣味を持っていることも、とても好きだった。よしよししてもらえるのが楽しくて、嬉《うれ》しかった。しかし、今度も、両親は私の恋にいい顔はしなかった。サワ君の性格はともかく、見た目に驚いたのだと思う。サワ君を紹介すると、両親はたちまち反対した。ごつい身体《からだ》に革ジャンを着て、目つきもキツい。父や母の年代の人には、まるで愚連隊のように見えたらしい。まあ、両親は私のやることにたいがい反対するのだ。

短大一年目の夏に、サワ君とは別れた。

「僕には自信がない……」

それが彼の別れの言葉だった。サワ君は、私の世間知らずのお嬢さまぶりと奔放さについていけなくなったみたいだ。私は友達が多く、誰に誘われてもついていってしまう。まるで風のようにとらえどころがないので、彼もやっぱりそこが気に入らなかったのだろうし、好き勝手にやっている私がわがままに思えたに違いない。サワ君とはお互い嫌いになって別れたわけではないので、その後も友達としてのつきあいは続いた。それが、らもの気持ちをザワつかせたこともあったみたいだ。

私は、サワ君と別れてしばらくして、らもと出会う。

サワ君と別れてらもと出会うまで、私は年上の人とばかり遊んでいた。神戸大学や神戸外国語大学の学生と仲よくなり、睡眠薬をもらって、家に帰って試したことがある。一錠飲むと、その晩はぐっすり眠れて、翌日、実にすっきりと目覚めた。報告すると、神戸大生は「アホやな」と言って、睡眠薬は眠るのを我慢して、ボーッとしているのが気持ちいいのだ、それで外に出てみると景色がガタガタになったりして面白いのだ、と教えてくれた。私は、すぐに彼らを家に招いた。友達が来ると聞いて待っていたら、誰も彼もヒッピーの格好をした汚いおっさんみたいなのばかりだったから、母はずいぶんがっかりしたようだ。

だから、そのあとにらもの仲間を連れてきたときは、灘高の生徒だと知って、母はかなり安心していたみたいだ。でも、その頃のらもはとても人見知りだった。らもの灘高の友人たちは、みんな如才なく、「お邪魔します」と挨拶するのに、らもだけは恥ずかしそうに彼らの陰に隠れてしまうのだった。

らもとつきあうようになって間もなく、私も彼の自宅へ遊びに行くようになった。私の育った家庭と、らもが育った家庭は、ほんとうに、まったく、全然、百八十度違っていた。

らもの家は、尼崎市のJR立花駅前で歯科医院をしていた。医院と自宅が一緒になっていて、医院の裏手が家の入り口になっていた。敷地は全部で百坪あり、そのうちの三十坪が家屋で、残りの七十坪が庭だった。庭には桃やイチジクの木が植えてあり、プールまであった。これはらもが六歳のとき、お父さんが造ってくれたのだが、素人が造ったとは思えないぐらい立派なものだった。底にタイルが貼ってあり、大きさは二メートル×三メートルぐらいはあったろうか。大人だったらひとかきだけど、子供なら充分ターンして泳げる広さだった。さらに庭には、やはりお父さんがセメントで造った曲がりくねったローラースケート場まであった。

庭に比べて家の中はとても質素で、質実剛健という言葉がよく似合う家だった。暗い玄関の先に台所があって、そこに着古したスカートと古い割烹着《かっぽうぎ》をつけた、背の小さな痩せたおばさんがいたから、私はてっきりお手伝いさんかと思って挨拶をした。私には、お母さんというものはきれいに髪の毛をセットして、ちゃんとお化粧をして、きれいな服を着ているというイメージがあったからだ。でも、その人が、らものお母さんだった。

らもは学校の友達はよく家に連れていっていたようだが、女の子を連れていったのは私がはじめてだった。最初のうちは、お母さんに歓迎されていたとは思えない。お母さんは社交的な人ではなかったからだ。

知り合った頃、らもはしきりに自分の家は変わっていると言っていた。

「お父さんは病気で、お母さんも病気で……」

だから、大変な家庭環境なんだろうなと思っていた。

はじめて会ったお母さんは病気には見えなかったが、派手の極みのような私の母に対して、らものお母さんは質素の極みだった。

らもの部屋は六畳ほどの広さで、そこに机とベッドとギターが置いてあるだけの殺風景な部屋だった。子供の頃は自分の部屋はなく、通路のようなところで勉強したそうだ。

ベッドの上には布団が敷いてあって、そこにシーツが縫いとめてあった。男の子は寝相が悪くてシーツをぐしゃぐしゃにしてしまうから、お母さんがそうしていたらしい。手の込んだことをしていると思った。洗濯とか掃除がきちんとされている感じで、清潔な家だった。

中島家の印象はお母さんそのものだ。

お母さんは、とても教育熱心な人だったという。らもは、小学校三年生ぐらいまでは地元尼崎の公立小学校に通っていたのだが、クラスで一番になったことを知ったお母さんが、進学校に通わせたいと考えた。それで、らもは四年生のとき、灘中への進学率が高いことで知られる本山第一小学校へ転校する。そして五年生から塾に通いはじめるのだ。

らもが勉強している間、お母さんは後ろにいつもついていて、わからないことを教えてくれたという。

「裕ちゃんは、このテスト九十八点なの？　お隣の○○ちゃんは百点取ったみたい」

そうやって悔しがらせて、息子を勉強させたと、らもは言っていた。小学生なのに学校から帰ってきて、おやつを食べたら勉強。晩ご飯を食べてお風呂に入ったら、また夜十時まで勉強していたらしい。らもに言わせれば、「勉強ロボットみたいな小学生だった」そうだ。

全国共通模試で二番になったことがあるが、そのときは、「あぁ、上にもう一人いるんかと思った」という。

その代わり、らもは運動はまったくダメだった。家にプールがあったおかげで泳ぐのは得意だけど、走ったり球を使う競技はほんとうに苦手だった。でも、お母さんにとって息子が運動ができないことなど問題ではなくて、勉強ができることが何よりの誇りだったのだと思う。

らもはお兄さんとの葛藤をよくエッセイにも書いているけれど、それはらもの思い込みだ。ただお母さんとらもの密着ぶりが、お兄さんに疎外感を与えたことはあったかもしれない。二歳上のお兄さんは、芦屋《あしや》の高校を卒業し、名古屋の歯科大学へ進学した。今はお父さんの跡を継いで歯科医をしているが、お母さんがらもばかり可愛がっているように感じて、早くに家を出たかったようだ。

私は、お母さんの教育ママぶりを垣間見《かいまみ》たことが一度だけある。それは、長男の晶穂が積み木をやっていたときだ。晶穂がようやくちゃんとした形に積み木を積めたとき、偶然居合わせたお母さんが狂喜乱舞して、手放しで誉《ほ》めたのだ。

「ワーッ、できた！　上手！　上手！」

普段のきっちりしっかりしたお母さんを知ってるだけに、私はその豹変《ひょうへん》ぶりに腰を抜かしそうになった。まるでお芝居を観ているようだった。

長女の早苗が小学二年のとき、朝、宿題をしていないことに気づいて、「学校に行きたくない」と愚図ったことがあった。私は、あっさりと、「じゃあ、休もうね。学校に電話かけるわ」と言ったのだが、その朝、たまたま家にいたらもが、私を止めた。らもは、早苗のところに行って、娘をあれこれおだてあげ、学校の楽しさ、素晴らしさをこれでもかこれでもかと話して聞かせた。

「だから、ね、頑張って学校行こうよ」

早苗は素直に頷《うなず》いて、学校に行った。

そのとき私は、らもがお母さんにどういうふうに育てられたのかが、しみじみとわかったのだ。

お母さんの期待どおり灘中に八番で合格、灘高に進んだらもだが、高二で急に落ちこぼれていく。授業をサボり、テストさえボイコットするようになった。超がつく進学校に通い、みんなが東大を目指す中にいて、らもは将来の目標を見つけられずにいたのだ。

高校二年生のある日、先生が生徒にこう言った。

「人と違うことをしてはいけませんよね」

それを聞いた瞬間、らもは何もかもがばからしくなったそうだ。

もう一つ、らもがドロップアウトしていったのは、お母さんによって勉強ロボットに仕立て上げられたことへの反抗心があったんだと思う。「子供の頃は、正義感に満ちた、道徳的でいい子な、すごく嫌なヤツだった」とらもは言っていたが、母親の価値観のままに大きくなった自分を嫌悪していたんじゃないかな。私と出会った頃、らもとお母さんはうまくいっていなかった。

お母さんにすれば、大事に大事に育て、灘校まで入れた息子が落ちこぼれていくのを見ているのはさぞかしつらかったろう。私とつきあっていることも、快くは思っていなかったはずだ。

らもはエッセイの中で、思春期の頃から十年くらい、お母さんの「心配性」との闘いの中で過ごしてきたと書いている。

「『しっこい』『細かい』『考えすぎ』『うるさい』といった攻め技に対して、僕は『無視』『外泊』『部屋に籠城する』『暴れる』などの荒技で対抗したのであった」

そう『獏《ばく》の食べのこし』にはある。

あるとき、らもの機嫌がものすごく悪かったことがあった。いったいどうしたのかとたずねたら、「母親に電話する」と言って、電話をしにいった。よくよく聞いたら、その日はお母さんが朝から口うるさく小言を言っていたらしい。きっと私と会うと聞いて、「行くな」とでも言ったのだと思う。らもがかけた電話も、小言の延長になったようだが、その後はらもの機嫌はよくなった。

疎ましそうにするのだが、らもは決してお母さんを嫌っていたわけではない。むしろ、お母さんは、らもにとって最も気がかりで、とても大切な人だった。大切で愛していて、信頼していたから、愛憎半ばして、かえって反発する。当時のらもは、お母さんへのアンビバレンツな気持ちを持てあましていた。

らもの家では月に一回、鍋の日というのがあって、その日はデートできないことになっていた。早く帰って、家族と食事をしないといけないからだ。

「僕、今日は帰らないといけない。豚肉が腐るから」

せっかく会えたのに、らもが、あわてて先に帰っていったことがある。なぜ、豚肉が腐るのかと私は不思議だったが、「家で一緒に餃子《ギョーザ》を作ろうね。豚肉が腐るから、早く帰ってきてね」とお母さんに言われていたらしい。お母さんは、クリスマスパーティーもちゃんとやって、家族を大切にしていた。

でも、そのお母さんは、決して家族と一緒に食事をとることがなかった。らもが、うんと小さかった頃、お父さんが何かの拍子に言った冗談がきっかけだった。

「お母さんというものは、残飯を食べてたらよろし」

お母さんが子供の食べ残しを片づけるというのは往々にしてあるし、お父さんとしてはもちろんそういう意味で軽く言ったに決まっているのに、お母さんはそれから残飯しか食べなくなったのだ。残飯というと、普通なら家族の食べ残しということになるが、お母さんが食べていたのは、そうじゃなかった。例えばキャベツの芯とか人参《にんじん》の皮とか、そういう部分を炒《いた》めて、家族の食事が終わったあと、一人で食べていた。子供たちの前で。

らもとお兄さんはたまらなくなって、「お母ちゃん、これ食べてね」と言って、自分たちのおかずを残すのだが、お母さんはそれには決して手をつけなかった。いくら残しても、それは形を変えて次の日の食卓に上る。例えば、カツオのタタキを残すと、翌日それはハンバーグになって出てくる。それも残すと、スープの具になって出てくる。そんな具合だったらしい。いつだったか、らもの家に遊びに行ったとき、きれいに皮をむいたイチジクが出てきたのだが、ひょっとして、その皮はお母さんが食べているんじゃないかと、私は哀《かな》しくなったほどだ。

お父さんは躁鬱《そううつびょう》病の持病があり、お調子ものだったから、「お母さんは残飯を食べるもの」と言ったのも、悪意があったわけじゃない。けれど、お母さんはその言葉に傷ついたのだと思う。若い頃のお父さんとお母さんはモボとモガで、一緒にオートバイに乗ったりして、とても仲が良かった。なのに「私は一生ちゃんとしたものは食べない」と言って、お母さんは亡くなるまで残飯を食べ続けていた。それは、戦後の貧しい暮らしを経験していたからだと、らもは書いている。

例えば煮魚を作ったとすると、その余った煮汁はプラスチックの容器に入れられ「○月○日魚の煮汁」と書いて冷蔵庫に保管されていた。だから、「家の冷蔵庫はプラスチックの容器がぎっしり詰まった研究所の冷蔵庫のようだった」と、らものエッセイにある。お父さんとお母さんは、新婚時代、夫婦で親戚の家に間借りをしていたことがあったらしく、貧乏と気兼ねが身に沁《し》みついていた。

私が家の籠の中からお小遣いを失敬してきたように、「バンビ」の仲間たちもよく「親の財布からお金をとってきた」と言っていたが、らもだけは違った。

「僕のところはそれができない。三十円なくなったとか、うるさいから」

でも、そんなお母さんにも楽しみはあった。ハリー・ベラフォンテとエルビス・プレスリーには目がなくて、らもは子供の頃、しばしばプレスリーの映画につきあわされたという。お母さんに楽しみがあってよかったと、私はしみじみホッとする。


お母さんが切り詰めるのは食費だけではなかった。衣服も徹底的に倹約していた。らもは、私の服を見て、ときおり、ため息をついた。

「ミーはいいなあ。いつも新しいものを着ていて」

当時、若者の間ではロンドンブーツが流行っていて、デートのとき、らもも同じようなブーツを履いていたが、どうも形がおかしかった。あれは、恐らく、女性用の大きめのレインシューズだったんだろう。でも、もちろん、そんなことには気づかないふりをした。というか、私にとって、らもがどんな服装をしていようが、らもはらもだった。

でも、十代の、人一倍誇り高いらもにとって、それはやっぱり恥ずかしいことだったに違いない。

「実家は貧乏だ」

らもはいつも言っていたが、実際は違う。

立花の駅前の一等地で歯科医院を開き、他にもいくつも土地を所有していた中島家は決して貧しくはなかった。らもの家は台所にテーブルがおいてあって、洋式の生活を送っていた。小学校の頃から家にはクーラーが入っていたという。だから、むしろらもは、いいところのおぼっちゃんなのだ。ただ、お母さんがものすごい倹約家だったから、家は貧乏だと思ってしまっていた。

つきあいはじめたとき、らもはこんなことを言った。

「僕が遅くに家に帰ると、母親の眠るのが遅くなる」

私はその意味がよくわからなかったけれど、結婚して、主婦をするようになってから気づいた。それは、お母さんが夜に息子の着ていたものを洗って、乾かさなければならなかったからだ。

あの頃、らもが持っていたジーパンは一本きりで、破れない限り新しい物は買ってもらえなかった。

当時は男の子もお洒落《しやれ》をはじめた時代。みんながＪＵＮだＶＡＮだとこだわるようになっていたけれど、らもがはいていたジーパンはエドウインでもＬｅｅでもリーバイスでもなく、お母さんが近所のスーパーで買ってきたものだった。しかもお母さんはそれを毎晩洗濯していたらしい。夜、洗って、乾かすのだ。それはＴシャツも同じだった。だかららもはいつも同じＴシャツ、しかも色あせた物を着ていた。紫のタンクトップがみるみるうちに白っぽくなっていったこともある。

でも、その色あせたＴシャツにはいつもきちんとアイロンがあてられていた。お母さんは倹約家であったけれど、倹約した分、愛情と手間を惜しまない人だった。らもの塾の先生には高級デリカテッセンのハムを贈り、後にらもが病気になったときもびっくりするほどの大金をポーンと私に渡してくれた。朝から晩まで働き、決して自分は贅沢をせず、生活をつましく切り詰めたお金を、子供たちの教育や生活のために使う。そんな母親を、らもがどんな気持ちで眺めていたのかと思うと切なくなる。

お母さんのしつけが行き届いていたことは、らもはフォークとナイフの使い方がものすごく上手だったことでもよくわかる。お母さんが家で練習させていたのだ。こうして手をかけて、大切に育てられたらもは、どんなに野暮ったい格好をしていても、ちっとも下品な感じがしなかった。

知り合った当時、私は身長百五十二センチで四十二キロと小柄だった。らものお母さんもとても小さい人だった。らもが好きになる女の人は私も含めて小柄な人が多いけれど、その原点はお母さんだ。らもが、終生、女の人に対して憧憬や崇拝の念を抱《いだ》き続けたのも、やはりお母さんの影響が強かったからだと思う。


お母さんへの思慕が強い一方で、らものお父さんへの思いは複雑だった。大人になってからはお父さんをちゃんと理解するようになったようだが、若い頃、ことに十代の頃は、母を抑圧する父として見ていた気がする。でも、私の目に映ったお父さんは、とても魅力的な人だった。がっちりした体格のいいジェントルマンで、二五〇ccのオートバイを乗り回していた。無教会派のキリスト教徒で、内村鑑三をよく読んでいたという。お金のない患者さんからは、キャベツを診察料代わりにもらっていたという、赤ひげ先生的なところがあったのも、そういうバックボーンがあったからだ。

躁鬱の気質があるので、強い薬を飲んでいたらしい。そのせいで治療中、ボーッとしてしまい、虫歯の隣にあった健康な歯を抜いてしまったことが、らものエッセイに書かれている。ある日らもが学校から帰ったら、「裕ちゃん裕ちゃん、今日は太陽が西から昇る」と言いだし、そのときはそのまま入院となったようだ。

らもの家族は、お母さんの親戚としかつきあっていなかった。お父さんの実家は、大阪の酒屋さんだった。らもの伯父さんが店を継いでいたのだが、大酒飲みで店をつぶしてしまい、らもの家にもよく無心にやってきたらしい。らもがお母さんと二人だけで家にいたときにやってきて、玄関で大暴れして居座ったこともあるという。

「金だすまで帰らへんぞ」

家中の鍵をかけて、らもはお母さんを守った。

後にらもは、自分のアル中はこの伯父さんから遺伝し、躁鬱気質はお父さんから受け継いだと、書いている。

私が野生種のお嬢さまなら、らもは温室育ちのシティーボーイだった。こんなふうにまったく育ちの違う二人が出会い、恋をしたのだ。

第三章　結婚しようよ

出会って間もない頃、私とらもは、

「プラトニックな美しいつきあいをしようね」

なんて、ロマンチックな筆談を交わしていた。

私は、すっかりその気になって、キスはしても、二人はセックスなんてしない、清らかな関係で長く続くのだと思い込んでいた。

なのに三カ月もしないうちに、らもはしきりと言うようになった。

「受験でしばらく会えなくなるから」

翻訳すると、つまり受験前に私と寝たいという婉曲《えんきょく》な申し入れだった。

私は、嫌とは言えなかった。

その年の暮れ、私はらもに連れられて、一軒のラブホテルに入った。らもの実家の二軒隣にある「喜楽」だ。

「何でここにしたの？」

「ここしか知らなかった」

こういうところ、らもは、ほんとにピュアというか衒《てら》いがないというか、子供っぽい。今、考えてもほんと、アホだなと思う。昔からそこに住んでいるのだから、近所の人に見つかってしまうに決まっている。しかも、その頃のらもは髪の毛を腰近くまで伸ばし、米軍のお下がりのボロいジャンパーを着ていて、それだけでも充分に目立つ存在だった。

らもには、はじめて私とセックスをするんだという思いだけでいっぱいで、周囲の目など気にもならなかったのだろう。

しかし、せっかく勢い込んでホテルに入ったにもかかわらず、いざとなったら私たちはまったくうまくいかなかった。らもはこのときが正真正銘、初体験。つまり童貞だったのだ。博覧強記のような人だし、精神は老成していたから、知識としてのセックスは、知りすぎるほど知っている。でも、やり方はわかっていても、実践となると話は違ってくる。私には経験はあったが知識がなかったし、はじめての相手をうまく導けるほどの余裕もなかった。

どれぐらいの時間だったろう。ああでもないこうでもないと四苦八苦しているうちに、二人でつい笑ってしまった。

「何でこんなところで、こんなことやってるんだろ」

「おかしいなぁ、純愛だったはずなのに」

結局その後も、らもが私をくすぐったりじゃれたりして大笑いしているうちに、時間は過ぎていった。セックスできなかったけれど、それはとてもとても楽しい時間だった。

私たちが結ばれたのは、それから一カ月近くたってからのことだ。らもはどうしても私とやるんだと決意していたようで、受験が迫っているというのに、そのときはデートしていた「ニーニー」から一番近い三宮のホテル「羽衣荘」に直行した。

二回目も、なかなかうまくはいかなかった。時間がかかって、私はもうぐったりと疲れていたのだけれど、らもの熱意の結果、そのときはどうにか、らもの受験前に寝るという目的を達することができた。

「羽衣荘」を出た私たちは、その足で「バンビ」に向かった。

そのとき、私は、「バンビ」の扉を開けながら、仲間たちに挨拶のように伝えたそうだ。

「やったよぉ〜」

そう、私は、どんなことでも友達に隠し事はできない性格なのだ。

それからの私たちは、正真正銘、狂ったような熱愛時代に突入する。

毎日のように会い、どこに行くのも二人一緒、いっぱいいっぱいキスをして、抱き合った。

そんな私たちを見て、周りのみんなはびっくりしていたけれど、一番驚いていたのは、らも自身だったような気がする。らもは、自分は女の子にはモテないと思い込んでいたから。

らものように濃い顔はそれほど私の好みではなかった。私はどちらかというと、もう少し薄い顔が好きだった。でも、私はらもの中身がとても好きになっていたから、別に外見なんかどうだっていいやと思っていた。

中身と、それから、らもが書く文章がほんとうに好きだった。らもの文章を読んでいると、心が衝《つ》き動かされることがたびたびあった。私は、自分で小説や詩を書くことをしなくなっていた。

らもは、私の弟たちとも顔見知りだった。どこかのロックコンサートで一緒になったりしていたのだ。弟たちもらもと同じようにバンドをやっていて、以前、教会に貸していた建物を「音楽室」にして、そこで練習をしていた。うちにはロックのレコードが山ほどあった。

当時、二人の弟は仁川学院に通っていた。灘高や仁川学院のあった阪神間には独特の文化が存在していた。スノッブな空気が流れ、そこにいる人たちはみんなぼんぼんで、友達だった。東京で言えば六本木族みたいなものだろうか。学校の名前を言えば、「兄妹の誰々が行っとおん？」「誰々知っとおん？」と、すぐに話が合う、みんな親戚みたいなものだった。

そんなわけで、らもや「バンビ」の仲間たちが、私の家に集まることもよくあった。

お正月やお盆になると両親がスキーや旅行に出かけるし、それでなくとも両親がいる部屋と私の部屋は離れているから、そこで何をしているか両親に詮索されることはなかった。らもに言わせれば、その頃の私の部屋はハムスター臭かったらしい。二十歳《はたち》になっても、私はネズミとウサギをこよなく愛していたので。

七一年三月の「行動記録」と称した日記をめくると、「今年（私は、まだ短大生だったので、これは七〇年四月から七一年三月までのということだ)、だれが何回家に来たか⁉」という記入があった。男女二十六人中、らもは三番目で八回、家に来ていた。九月に出会い、半年の間に八回。結構多いと思う。らもがライバル視していたイナバは十三回も来ていて、一番だったけれど。

家では、お酒を飲んだり、ときにはクスリをやることもあった。といっても、もちろん非合法なものではなく、その頃はもっぱら睡眠薬とシンナー。らももシンナーをやっていたが、中毒になるほどではなくて、シンナーをやりすぎて歩けなくなった友達を彼が抱えて帰ったこともある。

その頃、神戸大学の学生たちの間では、マリファナがちらほら出回っていた。でも、まだ私たちの手には入らなかったので、自分たちで作ったことがある。小鳥のエサとして売られている麻の実についている薄皮を大事に集めて吸ったり、市販されている鎮痛剤のコーティングをはがして中心の部分だけを食べた。私たちはもっぱらそれでかるーくラリっていた。というかその気になっていた。

少しあとになると、私の家の庭で、大麻を栽培した。当時はまだ取り締まりもそれほど厳しくなく、みんなが試したがっていたこともあって、それなら園芸飼育が得意な私が作ってやろうじゃないかと買って出たのだ。庭の隅の空き地を耕して麻の実を植えてみた。本当はきちんとした品種を選び、しかも雌花だけ摘みとるとか、いろいろと細かいテクニックが必要らしいのだが、そんな知識もなかったので、無事収穫はできたものの、まったく効かなかった。収穫したものはらもが紅茶の缶に入れて保存しておいたのに、お母さんに見つかってしまい、全部捨てられてしまったそうだ。

また、あるとき、私は、JRの線路脇の土手に朝鮮朝顔が生えているのを見つけた。朝鮮朝顔は華岡青洲《はなおかせいしゅう》が乳癌《にゅうがん》の手術に用いた麻酔薬のもととなったものだが、らもにあげたところ、彼は喜び、その実を乾燥させてハイライトと一緒に吸い、翌朝、目ヤニで目が開かなくなる騒ぎを起こした。

まったく怖いもの知らずとはいえ、よくまあ、好き放題やっていたものだと思う。

そうこうしているうちに、らもは受験の日を迎えた。

志望校は、神戸大学と関西《かんせい》学院大学。最初に受けたのは私学の関西学院大学だった。

「百点だった」

試験を終えて「バンビ」にやってきたらもはそう言っていたので、きっと合格間違いないだろうと思っていた。

神戸大学の受験の日は、早い時間から「バンビ」に顔を見せた。

「どうしたん？　まだ試験してんのちゃうん？」

「あかん。さっぱりわからんから、やめて帰ってきた」

問題が難しすぎて、途中で出てきてしまったのだ。

関学は受かっていると思っていたが、結果は二校とも不合格だった。授業すらろくすっぽ出ていない上に、私と出会ってからはデートばかりで、ほとんど勉強していないのだから、それも当然だろう。それに当時は灘高生にも学生運動をしている生徒がいて、長い髪で汚い格好をしていたらもは、大学側から「指導性あり」（学生運動をしている不良であるという意味）ということで、警戒されたのだ。

ともかく、らもは灘高を卒業した。あれだけ遊んでいて、よく停学や落第させられなかったものだと思う。灘高としては、後輩たちに悪影響を及ぼすらもたちのような不良学生には一刻も早く卒業してほしかったのだろうと、らもは涼しい顔で言っていた。

結局、らもは浪人して神戸のＹＭＣＡ予備校に通うことになった。

しかし、予備校に籍は置いていても、二度か三度しかそこへは行っていない。毎日「バンビ」にやってきては私や仲間と会い、終電までボーッと過ごす。あるいはお互いの家に行く。浪人生になっても、らもとの生活は、出会った頃と何も変わりはなかった。

母は「いつも美代子は家にいなかった」と言っているが、「行動記録」によると、その頃、私は週に三、四回はらもの家で過ごしている。

昼頃に行くと、いつもお母さんがらもに食事を運んでくるのが常だった。らもは食が細いから、「食べたくないのに、皿からはみだすようなハンバーグとか、いつもてんこ盛りで出てくる」と怒っていたし、「トイレに捨てたこともある」と言っていた。

お母さんが運んでくるお盆には、みそ汁と漬け物、鮭《さけ》の焼いたのや鯖《さば》の煮付けなんかが並んでいた。ご飯は確かにてんこ盛りで、醬油差《しょうゆさ》しをそのままらもに渡すとドバッとかけてしまうので、お母さんは防止策として、薬のビンみたいな小さなピッチャーに、わざわざ醬油を移し替えて運んできた。あとで聞いた話だが、料理をするとき、お母さんは肉でも何でも必ず自分でグラム数を量って、カロリー計算をしていたそうだ。何においても几帳面《きちょうめん》な人だった。

らもがいらないと言うときは私が食べていたが、めちゃくちゃおいしかった。お母さんはすぐに台所に戻っていったが、私が食べていたことはきっとわかっていたに違いない。

ボンや他の友達と一緒に遊びにいったとき、私がお腹《なか》が空《す》いたと言ったので、らものお母さんがインスタントラーメンを作ってくれたことがある。そのとき、一緒にいたシンドー君という友達が「あっ」と声をだした。

「どうしたん？」

「僕らがいつも食べているのと違う」

いつもは何も入っていないただの素ラーメンなのに、そのときはゆで卵が半分入っていたのだ。どうやらお母さんは、私には気をつかってくれていたようだ。

らもの家に行くと、昼から夜の七時か八時ぐらいまで過ごした。

恋人たちは、とくに何をするでもなく、ただ二人でいればそれだけで楽しい。私たちもダラダラとしゃべったり、本を読んだり、昼寝をしたり、もちろんじゃれ合ったり、セックスしたり。らもの部屋にカギはなかったけれど、お母さんが入ってくるようなことはなかった。入られたら困るなと、ドキドキした記憶もないから、絶対に自分の部屋には入らないよう、らもがお母さんにキツく言っていたのではないかと思う。

ひとつの部屋に年頃の男の子と女の子がこもっていると、普通の親なら、うん？と心配するだろう。でも、らものお父さんは、「よく来たね」という感じで挨拶してくれることはあったけれど、医院で仕事をしていて、ほとんど出てこないし、名古屋の歯科大学で勉強しているお兄さんには、まだ会ったことがなかった。お母さんは必要以上のことはしゃべらなかったので、少々堅苦しくはあったけれど、ボーッとしている私は、気兼ねなく過ごすことができたのだ。

らもの部屋には、持ち運びができる小さいプレーヤーがあって、らもはそれでよく音楽を聴いていた。といっても、持っていたレコードは友達にもらった二枚だけ。一枚はビートルズの「のっぽのサリー」と「マッチ・ボックス」が入った四曲入りのレコードで、もう一枚はローリング・ストーンズの初期のアルバム。それは一部分が欠けてしまっていた。らもは決して聴けない曲のあるアルバムを、繰り返し繰り返し聴いていた。お母さんに新しいレコードを買ってほしいとは言えなかったのだろう。

灘校は勉強ができる子が集まっているだけではなくて、いい家のぼんぼんが入る学校でもあった。らもは勉強はできたけど、お母さんがものすごい倹約家だったために、周りの子たちのようにたくさんの洋服もレコードも持っていなかった。実はそれがすごいコンプレックスだったということを、私はあとで知ることになる。

部屋の中でらもが大切にしていたもうひとつのものは、ガットギターだった。よくこれを弾いていたっけ。当時のらもは、同世代の若者同様ビートルズも好きだったけれど、フォーク志向が強かった。中川イサト、加川良、遠藤賢司《えんどうけんじ》あたりをよくコピーしていた。中学のときから、友人と「ごねさらせ」というバンドを組んでいた。「ごねさらせ」とは関西の方言で「死んでしまえ」の意味で、その頃から曲も作っていた。

翌年の七二年、らもは大阪芸術大学放送学科に推薦入学する。「バンビ」にたむろしていたフーテン仲間の一人が大阪芸大の学費免除試験を受けるというのを聞いて、らももそれに便乗しようと決めたのだ。結局、学費免除の試験は落ちてしまったが、入学は認められた。

「僕、ここに決める」

「ええ⁉」

らもの自宅があった尼崎から、大阪芸大のある大阪の富田林《とんだばやし》までは片道で二時間以上かかる。しかも、大阪芸大は無名の新設校で、大学の評価も未知数、就職や将来の見通しも立ちようがなかった。

私は、つい現実的なことを考えてしまい、ほんとうにそれで大丈夫なんだろうかと心配になったが、らもは「それでいい」と言うのだ。

今、思えば、この頃のらもは何も考えたくなかったんだと思う。不安が大きすぎたからだ。だから、いろいろ思い煩ったり、勉強したりして私に会えないよりは、さっさと決めてしまってデートしたほうがいいと思ったのだろう。そもそも、らもはいい大学に行きたいなんて世俗的な野心を持つことを最初から放棄していた。

一方の私は神戸山手女子短大を卒業し、図書館司書として母校の小林聖心女子学院に勤めることになった。

高校を卒業するとき、私は校長先生にお願いしていた。

「司書の資格を取ってくるので、ここの図書館で雇ってください」

校長先生はその約束を守ってくれた。

四月からの勤務がはじまろうという春休み、学校へ顔を出したら、突然、小学校の校長先生から小学校二年生の理科の教科書を渡された。

「これを読んでおくといいわよ」

わけがわからないまま教科書を読んで始業式に行ったら、二年生の副担任を任されて、驚いた。二年生の担任をしているシスター・シンタニは腎臓が悪く、給食を食べることができないので、給食の指導をする副担任として私が選ばれたのだ。さらに私は二年生の理科も受け持つことになってしまった。つまり、図書館司書として就職したつもりが、副担任を任され、理科の先生までやることになってしまったのである。

事情を聞いたうちの母はひどく慌てた。

「そんなの美代子には無理やわ」

けれど、教えるといっても、水仙の球根を植えるとか、虫を飼うとかの授業。得意ジャンルだったから、私でもどうにかこなすことができたのだが、それでも最初の一週間は緊張しすぎて、朝、出勤する前に家で吐いたりしていた。それを見た母親は妊娠したと勘違いしたらしい。

校長先生もシスター・シンタニも、私が小さい頃、うちの庭にあった宝塚カトリック教会に通っていた人たちだった。しかも、小学校から高校まで、私は生徒としてこのシスターたちにお世話になったわけである。そんな方たちの同僚として一緒に働くというのは、ちょっと不思議な気分だった。

私は自分の好きな服装で通っていた。シスターたちにはほんとうに可愛《かわい》がってもらったが、ジーパンをはいていくのでよく叱られた。神戸女学院で、先生がジーパンをはいた学生を「レディのはくものじゃない」と教室から追い出したという時代。ジーパンは、まだまだ市民権を得ていなかった。

そんな環境の中、私は先生という仕事が少しずつ楽しめるようになっていった。それは、何より子供が可愛かったからだ。


短大卒の初任給の平均が二万円だった時代に、私の初任給は四万円もあった。夏休みも有給休暇もあるし、ボーナスもある。一万円を家に入れて、少し貯金したら、あとはらもと一緒に遊ぶお金としてパーッと使っていた。

家に入れた一万円は、どうやら母が家族のものを買うために使っていたようだ。

幼い頃に父親を亡くし、母子家庭の長女として育った母の家はずいぶん貧しかったと聞く。たぶん、結婚して、それまでの我慢が一気に噴き出たのだ。母は、八十三歳になる今も、朝から金色に染め上げた髪をカールし、アイシャドウにピンクの頬紅、真っ赤な口紅のフルメイクを欠かさず、きれいな色のフェミニンな洋服を着て過ごしている。今でさえこうなんだから、若い頃といったら。毎日つけまつ毛までつけてビシッと化粧をして、ものすごく着飾って、子供の父母会に出るのと、お友達とデパートへ買い物に行くのを楽しみにしている人だった。家の商売は養鶏場という地味なものだし、一応、主婦だから夕方五時には家に帰らなければならない。だから、毎日、朝早くから遊んでいた。

着倒れの母がデパートで買うのは、家族全員の服。毎日大きな紙袋をふたつぐらい抱えて帰ってくる。美容院へは毎週のように通い、髪をセットしてもらっていた。母は、自宅で髪を洗うということをしない人だった。

母は父から毎日一万円ずつもらい、さらにカードも使っていた。

そうやって母が浪費する一方で、父は「不正はいけない」とか言いながら、節税などまったく発想になく、税務署に言われるままに莫大《ばくだい》な税金を払っていた。

家には、いつも、植木屋や大工さんが入っていた。家が古かったので補修が必要だったこともあるが、みんなから「大将、大将」と言われると、父は、必要がなくても、何かを頼まずにはいられなかったようだ。新聞の勧誘も決して断ることができない人だったから、新聞は五紙も六紙もとっていた。いったい誰が読んでいたのか。

つまり、両親とも「この人たちは、お金を払うことが好きなんじゃなかろうか」

と思うぐらい、あちこちで散財していた。なのに、一方では五万坪の広大な土地を維持していかなければならないわけだから、祖父母の財産などはすぐなくなってしまう。養鶏場の売上げは家族が使い果たしていたので、税金を払うためには土地を切り売りしていくしか方法がなかった。

私が短大を卒業し、就職した時点で、我が家の土地は半分以下になっていた。それでも両親は贅沢《ぜいたく》をやめなかった。

スキーや旅行が大好きだし、弟たちには言われるままに車を買い与えていた。車を買ってやっても、オートバイにしか乗ろうとしない私には、着るものの攻勢となる。

「このレースで服を作りましょう」

私を芦屋のブティックへ連れていき、服をオーダーする。もちろん服以外にもバッグから、靴、着物まで買ってきた。帯が何百万円もしたと聞いて、目の玉が飛び出たこともあった。私は自分の好きなTシャツやジーパンしか着ないから、母が買い込んだ高級な服はどんどん箪笥《たんす》の中にたまっていく。そして、母はそれを管理して喜んでいた。

先日、箪笥の奥から、結婚のために母が用意してくれた高級な下着がいっぱい出てきたが、三十年以上もたっているから、どれもこれもすっかりゴムがのびきってしまっていた。

　長谷部家は、こうして没落していったのである。


　大学に入ったらもは、最初のうちは、往復四時間余かけてせっせと通っていた。大学からの帰りに、仕事を終えた私と三宮で待ち合わせ、安い大衆食堂で夕食をとるのが、二人の日課だった。

　らもと出会ってからは、学校の友達と遊ぶことはほとんどなくなっていた。就職してからはなおさらで、先生たちとは学校以外で会うことなどなく、電車で一緒になって挨拶するぐらいだった。

　らもは私が食事をしている間、日本酒をとっくりで二本飲み、その後「バンビ」へ向かった。「バンビ」は二時間で追い出されてしまうので、そこを出た私たちは「ビルボード」というジャズ喫茶によく足を運んだ。そこはキングストン・トリオなど、ビルボードに出るような曲を集めて聴かせる店だった。

　七二年の日記を繰ると、「学校↓バンビ↓羽衣↓バンビ」、「ラモン宅↓バンビ↓羽衣↓三楽荘」、「学校↓バンビ↓三楽荘↓赤まん↓バンビ」、「バンビ↓振華軒↓三楽荘↓サンポ」といった記録が残っている。

「赤まん」はとても美味《おい》しい餃子屋《ギョーザや》で、「振華軒」はこんな美味しい焼きそばはないというぐらいの焼きそばを出す中華屋さん。で、「三楽荘」は雀荘《ジヤンそう》だ。

私たちのように「バンビ」でカップルになった者同士、「バンビ」でコーヒーを飲んだあと、麻雀をしたり、ご飯を食べたり、お酒を飲みにいくことがよくあったのだ。らもは、最初、麻雀を知らなかったのに、教えてあげるとたちまち私より強くなりやがった。

お酒を飲むとなると、みんなお金がないので、行き先は安い大衆酒場ばかり。よく行ったのは三宮のガード下にある「正宗屋《まさむねや》」か、生田《いくた》神社を下りたあたりにある「八島食堂」。

私は、目の周りだけ真っ赤になるという猿みたいな酔い方をするから、それが嫌でお酒は飲まなかった。八十五円の赤だし&ライスを食べて、ナマコとかをつまんでいた。らもは一番安い二級酒を二本まで、少しお金に余裕があるときは三本飲んでいた。酔えるまで飲むという贅沢は、まだできなかった。

私は働いていたからお金があったけど、らもは学生だから毎日「バンビ」に通うのはキツかったと思う。ラブホテル代や同伴喫茶代、食事代を私が持つことはよくあった。

誕生日やクリスマスにはプレゼントを渡す、どこにでもいる普通の恋人同士のようなことを私たちもしていた。もっとも、らもがくれたものはお見舞いのガイコツの灰皿だけで、プレゼントしていたのはもっぱら私だった。ウサギのぬいぐるみを作ってあげたり、お酒を買ってあげたり。その頃から、ウサギが私のトレードマークだった。

「ありがとう」

言葉の少ないらもだけど、努力して嬉《うれ》しい気持ちを伝えようとしているのはわかった。

私は阪急電鉄、らもはJRなので、帰りは三宮の駅で別れることが多かったが、ときどき、離れ難くて阪急電鉄で岡本まで行き、そこから少し歩いて摂津本山の喫茶店に入ることもあった。「バンビ」にいるときは、大勢の顔見知りがいるから二人だけにはなかなかなれない。だから、二人だけでゆっくり話がしたいとき、必ず寄り道してしまうのだ。

あの頃は、携帯電話などなかったから、別れるときに次の日に会う時間を決めていた。私が職員会議で遅くなるときに、らもが大学の授業を入れる、そんな具合に、二人でいられる時間を捻出していた。

勤務を終えて三宮でデートして、帰るのは決まって終電だったから、当然のごとく、母はいい顔をしなかった。

相手が大学生のらもだから心配しているというわけではなく、嫁入り前の娘が、毎晩終電で帰ってくることに腹を立てていたらしい。とにかくうちの母は子供のことは何でも知っていないと気がすまない性格だった。私が中学生の頃は、私宛の手紙などはすべて開封して、読んでいた。文句を言っても、聞いてはもらえなかった。それも親の愛情だし、責任だと、母は言うのだ。よくグレなかったと思う。

そんな母の干渉は無視して私は、ほぼ毎日らもと会っていた。つきあっている間、喧嘩《けんか》をしたことはほとんどない。たぶん、らもが抑えていたのだろう。私には一緒に笑い転げていた記憶しかなかった。

「面白いな、面白いな」

いつもそう言い合って笑っていた。

らもといると何をやっても自由でいられて、縛られて息苦しくなることはなかった。

でも、日記を読み返すと、こんな記述があった。

「やさしい友達が、ラモンをさそう。私はナイフを突きたてられて、心臓をとめたまま、ラモンの決意を待つ。そして、みじめな気持ちで一人床にふした。傷口から血を噴き出させながら、癒すすべもなく横たわっている」

「ラモンがミーを悲しませたくないと思っているなんて言ったのはウソだ。ミーは昔のいろいろなことを思い出してしまって悲しい。ひどい。ミーがもっといい子だったら、ラモンはほいほい出かけたりしなかったろうか。でも、ミーには力がない。みじめ」

この日の日記の横には、あとで「ハッハハッ、ボッ」と自分で書いているのだが、これは、らもが友達に誘われて女の人を買いに行った日の夜に書いたものだ。結論から言うと、らもはこのとき、友達にただついていっただけだった。それを聞いた途端、私の機嫌は直った。

だから、自分では思い出せないけれど、どんな恋人同士にでもある、小さな喧嘩ややきもちは、私たちにもあったのだろう。記憶は美しく塗り替えられるというけれど、ほんとうだ。

大学に通うようになってからも、らもは、将来のことなど考えないようにしていたと思う。ただ、ロックをやりたいという漠然とした思いはあったようだ。私も彼はギタリストか何か、音楽関係の道に行きたいのだろうな、と思っていた。それで食べていくのは難しそうだが、私が勤めているから、二人でならやっていけるだろうとは考えていた。

私たちの間で、結婚という言葉が交わされるようになったのは、つきあって四年目の夏だった。その年には、三百六十五日中三百四十六日をらもと過ごすようになっていた。

私の両親は、いつも汚い格好をして、「バンビ」でわけのわからない連中と遊んでいる娘のことが次第に心配になり、早く結婚させようと考えるようになっていた。なんとかしてちゃんとしたところに嫁がせようと、友人知人に片っ端から頼み、お見合い話をたくさん探してくるのだ。相手は一流企業に勤める立派な青年ばかりだった。

もちろん、私には見合いをする気も、立派な青年と結婚する気もさらさらなかった。それで、らもに相談することにした。私は、いつも、何でも、らもに話してしまう。失恋の話もした。今考えると、そうやって上手にらもの同情を引いたり関心を引いたり、無意識に彼の気持ちを自分に向けようとしていたのだ。

「お見合いの話が来てるんだけど」

「ふーん」

らもの返事は、意外と素っ気なかった。内心は焦っていたはずだ。なのに、らもは案外いいカッコしいなので、感情を表にだすのはカッコ悪いと思ったのだろう。お見合いについてことさら心配するそぶりを見せなかったし、だからといって私を束縛しようともしなかった。


それからしばらくして、私立小学校の連合会の研修で、私が東京へ行くことになった。らもも時間が空いてたので、じゃあ、その前後に一緒に東京にいる友人の家に泊まろうということになった。
二、三日ずっと一緒に過ごしたが、その間、らもの態度はいつもとまったく変わらなかった。他の男の子のように「こいつは自分の女だ」みたいな感じであれこれ命令することもないし、口数は少ないけれど、おしゃべりは楽しく、まったくいつもと同じ。普通、他人と何日か一緒にいると、普段は見せない嫌な面も見えてくるものなのだが、らもにはまったくそういうところがなかった。
「これは楽だ!」

らもとなら一緒に暮らしていけるような気がした。

ほんとうのところ、私は、その頃には、らもと会う時間を作るのがしんどくなってもきていた。自宅から職場までは三十分、職場から三宮へは一時間弱、三宮から家まで帰るのに一時間強。毎日学校へ通って、その後「バンビ」に行って終電まで遊んで家に帰り、それで次の朝は七時に出なければいけない。そういう生活を二年続けて疲れてきたので、らもと一緒に住めたら嬉しいなと思いはじめていた。

そのことを正直にらもに話してみた。すると、

「僕も、今の生活はしんどい」

という答えが返ってきた。

「じゃあ、一緒に住もうか」

どちらからともなく、その言葉が出た。

私は結婚という形式などどうでもよく、ただ一緒に住めさえすればよかった。でも、らもは違った。

「僕は結婚してもやっていける。結婚しよう」

このとき、らもはこんな手紙をくれた。

「ミーがイエスと言わなければ、僕はチキンラーメンの乾いたのに戻ってしまう」

私はそれまで、自分がらもにとってそんなに重要な存在だとは思えないでいたのだけれど、私の中では、らもは大きな大きな存在になっていた。そうか、らもにとっても同じなんだ。そう気づくと、私の気持ちもどんどん結婚へと傾いていった。

七四年九月二十六日の日記に、私は書いている。

「風邪ひいてる。らもはとても優しかった。早く一緒に住みたい」

第四章　光り輝く赤ちゃんさまが降りてきた

結婚しようと決めてからの二人の行動は、驚くほど早かった。

まずはそれぞれの親に報告することからはじめた。

私は、らもがまだ学生だったから反対されるかなと心配していたが、両親は案外すんなりと認めてくれた。らもの実家は歯科医院だし、出身は灘校だし、いつもニコニコしていて穏やかそうな人だということで、うちの両親はらもを気に入っていたのだ。

それよりも問題はらものお母さんだと、うちの母は脅かした。

「あんな大事にしてはる息子さんやのに、お母さん、放しはらへんわ」

ところが、返事は、

「こんなんでよかったら結婚してください」

らものお母さんの言葉を聞いて、私たちは拍子抜けしてしまった。

恐らく、どうすればご両親に許してもらえるか、らもはいろいろ策略を練っていたのだ。らもはいつだってそうなのだ。自分が思ったことは必ず通す。結婚にしても、らもに「もう自分には干渉しないでくれ」と宣言されて、お母さんは許さざるを得なかったんじゃないかな。ぶらぶらフーテンをしているよりも、身を固めてくれたほうがいいと思ったのかもしれないが、お母さんたちは喜んでくれた。

いずれにせよ、私たちは結婚に向けて動きだした。

ところが困ったことが起きた。私たちは式など挙げずとも、ただ結婚して一緒に暮らせればそれでいいと思っていたのに、母が面倒なことをごちゃごちゃと言いだしたのだ。あれもしなくちゃ、これもしなくちゃと大騒ぎ。カトリック信者なのに、近所のおばさんから何やら知恵を授けられたようで、結納をすると言うのだ。カトリックの教えはどうなる、違うだろ。といっても母には、馬の耳に念仏。誰か仲人さんを頼もうということになったが、結局、仲人さんは立てずに結納だけをすることになった。

十一月三日の日曜日が、結納の日だった。その日の朝、私はバザーのために宝塚カトリック教会へ出かけ、家に帰ると、らものお父さんが結納金の三十万を持って現われた。結納はあっという間にすんだので、そのあと、私はお父さんと一緒にらもの家に行き、少し興奮しながら、らもとお母さんにその様子を報告した。

いつの間にやら、結婚式の費用は私の家が、新居を借りる費用はらもの家が、それぞれ負担することになっていた。母は、披露宴をしよう、披露宴には自分たちの友達五人は呼ばなければならない、などと言いはじめる。

母は私たちの結婚式に対する夢をどんどん膨らませていき、らもが家に来るたびに大喜びで、あれこれ語りだす。どうしても娘の結婚式を自分がプロデュースしたいのだ。

私たちは自分たちの与《あずか》り知らないところでどんどん話が進み、なんとなく置いてきぼりをくった形になっていた。私もらももも、母に無理矢理押し切られるみたいで嫌だな、はあ、うるさいこったな、と思っていたら、父がそっと教えてくれた。

「美代子な、駆け落ちしたら一番楽やで。好きだったら、仕方ないからな」

父なりに私たちを気づかって言ってくれた言葉だった。それを聞いたらもは少し気が楽になったようで、私も、仕方がないわ、ママが喜ぶようにしてあげようと、母の暴走を止めるのを諦めた。

しかし、それが大失敗だった。私の母が派手すぎるのか、らものお母さんの倹約がすぎるのか。お互いの母親同士の価値観や感覚がまったく違うのだ。これは結婚してからの話だが、お豆腐がどれくらい日保《ひも》ちするのかわからなかったので、らものお母さんに訊《き》いたことがある。お母さんは、

「生ならその日に食べないとあかんわね。茹《ゆ》でておいたら五日ぐらい保つけれど」

と教えてくれた。同じことを母に訊くと、返ってきた答えはこうだ。

「えっ？　お豆腐？　わからなかったら捨てたらよろし」

これほど違う二人だったので、意見を統一させるのが大変だった。新居のカーテンをどうするかで、ひと騒動になったことがある。母がオーダーすればいいと言いだしたのが発端。当時はオーダーのカーテンなど、とんでもなく贅沢《ぜいたく》な品物で、私の給料一カ月分が軽く飛ぶぐらいの金額だった。

このことは、らものお母さんには言えないと思って黙っていたのだが、母が電話でしゃべったのだろう。バレた。

それを聞いたらものお母さんは母の意見を一蹴《つ》した。

「カーテンなんて針金を買ってきて、それに布を吊るせばいいんです。一万円ぐら

いでできます」

えっ、針金？　えっ、全部で一万円？　さすがにらもと私は呆《あき》れてしまったが、かといって豪華なオーダーカーテンもごめんだ。

お互いの母親が、互いの意見に驚き、そして一歩も譲らず、電話でもめていた。

「一万円なんかでカーテンができるわけありません」

「いいえ、うちは息子に一万円を渡しました。それで充分です」

ずっとこんな調子だった。

私はこの話を知らされたとき、もうお終《しま》いだ、これでこの結婚はつぶれてしまうに違いないと、目の前が真っ暗になったものだ。

結局、結婚話はつぶれず、カーテンに関してはうちの母が勝利を収め、オーダーメイドで作ることになった。値段は十万円もした……。私の初任給の二カ月分を超えているじゃないか！

さらに母は新居に入れる家具を、あれもこれもと買いまくった。

毎晩、私がクタクタになって家に帰るのを待ち受け、パンフレット片手にいそいそと部屋にやってくる。

「シモンズのダブルベッド、いいのがあったんよ」

これがはじまると、しばらく解放してもらえない。母が、ダブルベッドから、婚礼箪笥《たんす》の三点セット、ドレッサーと次々買い込んでいくのを見ていた祖母は、笑いながら呟《つぶや》いた。

「まあ、住むところもまだ決まってないのに。そんなに買って、どこにお嫁に行かせようというのでしょう」

そのとおりだった。

らもは私と一緒に暮らせれば他のことはどうでもよかったので、母の買い物攻勢に対して、ことさら文句を言うこともなかった。らもは、実は何が起こっているのかよくわかっていなかったのかもしれない。

一九七五年三月十六日の日曜日、ウエディングドレスを着た私とモーニング姿のらもは、宝塚カトリック教会で結婚式を挙げた。らもが大学三年から四年になる春休みのことだ。

私はカトリック信者だが、らもは違うので、結婚式の前に何日間か教会に通い、教理を受けている。式の練習もした。

私のウエディングドレスは、母親がお気に入りの芦屋のブティック「デザインルーム・クィーン」で作ってもらった。ドレスのデザインも、ベールの素材も、全部自分で選んだのだけれど、完成したのを見たら、あまりに豪華なのでビックリしてしまった。お色直しの服もオーダーメイドで、靴も全部この日のために新調した。らもの式服は、レンタルショップで借りた黒のモーニングだった。着替えを手伝った人が、らもは黄ばんでよれよれになった下着を着ていたとあとで教えてくれた。らもは、とても恥ずかしそうにしていたらしい。

結婚指輪は、らもがアルバイトをしたお金で買ってくれたものだ。らもは、少しの間、大阪のキタにある「クラブ課長」というナイトクラブで、ギター弾きのアルバイトをしていた。らもはそこで三万円ほど稼ぎ、質屋で一万円のプラチナ製の指輪を買ってくれたのだ。私も同じような指輪を買ってあげた。式で指輪を交換した瞬間、ものすごく嬉《うれ》しかったことを今でも覚えている。

式のあと、教会の敷地内にある信者のための集会所で披露宴を開いた。ささやかな宴だったが、ケーキ・カットもした。

「バンビ」の仲間たちがたくさん来てくれた。仲間うちで結婚したのは私たちがはじめてだったから、みんな、ほんとうに喜んでくれた。私の高校時代の友人や勤務先である小林聖心の生徒も集まってくれた。

「先生のご主人のお友達、煙草《タバコ》の煙で顔がよく見えなくて怖かった」

テーブルの下にウィスキーの瓶を抱えて寝てるヤツもいたので、あとで生徒たちは「バンビ」の仲間たちのことをそんなふうに話していた。

親戚も何人か招待した。うちの親戚は、みんなきれいにめかしこんでいたが、らもの身内はとても質素だった。嬉しかったのは、友人たちのスピーチ。ことに私の高校時代の友人のは、ありがたかった。

「私が美代ちゃんに男の子の絵を描いてと言ったら、髪の長い王子さまのような男の子を描いてくれました。今日ご主人にお会いして、まさに絵のとおりだなと思いました」

父も親族を代表してスピーチをしたはずだが、それはあまり覚えていない。きっと、特別なことは何もない、普通の挨拶だったからだ。

あとで聞いたところによると、披露宴の間中、らもはずっとトイレを我慢していたらしい。彼は人前でものすごく遠慮をするタイプなので、そのときも自分がトイレに立つのは申し訳ないと思ったようだ。それなのに、緊張してお酒をガバガバ飲むものだから、余計に行きたくなってしまったのだ。なんでそんなに遠慮するの。トイレぐらい行ったらいいじゃない。私はそう思うのだが、らもは披露宴の間中、一度もトイレに行かなかった。

披露宴が終わったあと、二人で尼崎市役所の立花支所に婚姻届をだし、私たちは夫婦になった。

この日の日記に、私は書いた。

「興奮の結婚式。ミーはちょんちょんしておった。ラモンは緊張している中にも猫背でうろうろしていた。メシ、あまり食えなかった。あちこち全員忙しく、ヒスおこす人もなく、まずまずであった」

翌日、私たちは、新婚旅行のために、らもが探してきてくれた四国のひなびた温泉へと向かった。

二人が決めたコンセプトは「秘境に行こう」。

そのときの私の服装は、ニコルの十万円したコートにパンタロンに、ブーツ。これは全部母が買ってきてコーディネイトした最新流行の新婚旅行ルックだ。らもは破れたジーパンにジャケットにセーターというういつものスタイル。傍《はた》から見たら、さぞかしバランスの悪いカップルだったことだろう。

後に痩軀《そうく》のらもは、このニコルのコートを気に入って、よく着ていたが、飲みに出かけた先で会った女の子にせがまれて、その子のコートと交換して帰ってきた。

「何で、こんなのと交換してくるの？」

「いやぁ、換えてと言うから」

私の数少ない大好きだったブランドもの、ケンゾーのジャケットも同じ運命をたどった。もうッ。らものええカッコしいッ。

大阪港を二十一時に出発した四国行き豪華客船一等の乗り心地はゆらゆらと快く、翌朝七時に目が覚めたら高知港に着いた。そこから土佐電気鉄道のバスに乗り室戸《むろと》岬《みさき》に向かった。

室戸岬は閑散としたところで、食堂もなかった。こんなことなら船の中できちんと何か食べておけばよかったと思ったが、もう遅い。仕方ないので、何もない道をひたすらぶらぶら歩き、男っぽい大岩の間で遊んだりした。

その夜、泊まった岬観光ホテルでヨコワという魚の刺身を勧められた。私たちにははじめての魚だった。クロマグロの子で、形はカツオに似ているが、縦縞《たてじま》ではなく、横に模様があるから「ヨコワ」というのだと、中居さんが教えてくれた。せっかくだから食べてみようということになった。

「ふーん、味はマグロと一緒やね」

料理は満足した。その日の日記によれば、

「夜はイヤラシーの権化。首にキスマークをつけてねる。よい一日らった」

そうだが、うーん、すっかり忘れてしまっているな。

翌日は、バスを乗り継ぎ、室戸岬から野市《のいち》を経由して、龍河洞《りゅうがどう》という鍾乳洞《しょうにゅうどう》へ向かった。龍河洞は宝塚ファミリーランド風の観光地の見本のような場所で、小さいながらも大冒険ができるという感じで、なかなか楽しかった。そのあと土佐山田をぶらついてから、タクシーで若宮の観光ホテルに向かった。イオン温泉が有名だというので選んだ宿だったが、これがハズレだった。

お客さんが少なくて、なんともいえずさびれた雰囲気。おまけに男風呂はお湯が冷めていたそうだ。

「ああ、寒かった～」

温泉から戻ってきたらもは震えていた。

「えーっ。そんなん、宿の人に言えばいいのに」

こんなところに来てまで我慢しなくてもいいのにと私は思うのだが、しかし、それを言えないのがらもなのだ。

その宿ではイオンが入った龍河洞の空気を客室に通しているというのが売りで、

夕食に龍河洞の中で育てたというカイワレ大根を食べた。名前は「イオン菜」。

「何なんだ、これ」

「ただのカイワレだね」

「イオン菜だって、クックックック」

とくに美味《おい》しくもなかったけれど、二人で大笑いしながら食べた。

三日目は、朝から大雨だった。この日は予定を立てていなかったので、ＪＲの急行に乗り込み、いったん高松で降りて土産《みやげ》を買い、そこからフェリーで岡山まで行って、岡山からまた新幹線に乗って神戸に戻り、「ビルボード」に向かった。夜は、立花の新居でくつろいで過ごした。

行き当たりばったりで、ロマンチックのかけらもない新婚旅行だったが、夫婦になってはじめての旅は愉快であった。らもと一緒なら、何でも楽しい。

私たちの新婚生活は、「立花第一マンション103号室」でスタートした。らもの実家とはＪＲ立花駅をはさんで、歩いて五分ぐらいのところにあった。いわゆる「スープの冷めない距離」に舅姑《しゅうとしゅうとめ》がいることになったが、私は、自分勝手にやっていた。

2DKのマンションはらもの実家が用意してくれたが、その中に入っている家具はほとんどうちの母親が買い揃《そろ》えたものだった。案の定、母親が買った婚礼家具で部屋はいっぱいで、まるで家具の谷間で暮らしているようなものだった。入ったばかりのところの三畳間のキッチンには冷蔵庫に食器棚、ダイニングテーブルセット、次の四畳半の和室には簞笥と炬燵《こたつ》とステレオに机、一番奥のベランダに続く六畳の洋間にはダブルベッドと簞笥に、大きな椅子があった。

身体《からだ》を斜めにしなければ歩けない新品の家具で埋もれたその部屋に、らもはボストンバッグひとつで引っ越してきた。結婚したとき、らもが持ってきたのは半袖シャツ二枚、長袖シャツ一枚、パンツ二、三枚、ステテコ一枚、それからジーパン一本、これだけだった。ステテコは、実は、らもがパジャマ代わりに着ていたのだ。これじゃいくらなんでも足りないので、結婚してすぐらもの服を近所のスーパー・エースへ買いに行った。一番最初に買ったのはパンツだった。何しろ、らもが持ってきたパンツは、はきふるしてゴムがクタクタになったものばかり。中には中学の修学旅行にはいていったものなのだろう、「中島」と名前が書いてあるものまであった。

「どうしてもっと服を買わないの？」

「お母ちゃんが節約していたから」

そのとき、らもはものすごく恥ずかしかったそうだ。そのことを聞いたのは、中島らも事務所を開いた八七年頃だった。書くことで認められるようになって自信がついたので、言えたのだと思う。それまでらもは、私に対してさえ、まだ自分をさらけ出すことはできなかったのだ。

新婚旅行から帰った翌日には、もう我が家には、ボンや創やその他たくさんの友達がやってきた。

私たちは恋愛時代、ほとんど毎日一緒にいて一心に愛を育んできたので、新婚だから二人でいたいという気持ちはなかった。恋は結婚したときから愛という形に変わり、それから私たちは家族になっていった。

らもは大学生だったので、生活費を稼ぐのは私の役目だった。

学校の先生というのは男女同じ給料で、初任給は四万円だったが、途中で組合ができたこともあり、一年ごとに給料は二万円ずつアップしていた。年に二回、約五カ月分のボーナスが出るから、夫婦二人が生活するには充分だった。貯金もしていた。このままらもが働けなくても、私が働いていけばなんとかやっていけると思っていた。

もっとも、来客があまりにも多く、酒代と食費のエンゲル係数が、ものすごーく高くなってしまったのは、想定外だった。私は週に一度は、食料品や雑貨をせしめに実家に戻り、また、週に一度母が食べ物を詰め込んだ大きな荷物を持って現われることで、なんとかやっていた。

私が生活費を出すことに、らもは後ろめたさなど感じることはなかったと思う。まだ学生で、少年のようだったから、「女に出してもらうなんて男の恥だ」なんていう男の沽券《こけん》意識はなかったろうし、結婚前から、それはわかっていたことだから。とにかく、らもと私は一緒に暮らせるのが嬉しくて仕方なかっただけだ。

らもは、この頃は主夫をしていたとエッセイなどに書いているが、洗濯と掃除は私がやり、料理が、らもの担当だった。

よく作ってくれたのは、スコッチエッグにトンカツ、それから魚も焼いてくれた。お母さんがいろいろ工夫して料理を作っていた人だったから、それを見て覚えたのだろう。料理には、例えば、大根一本をどうやって使い切ろうとか考える数学的な頭が必要らしい。らもはそんなことも楽しみながら料理をしていたようだ。

「らもん作のメシうまし」と私が日記に書くと、らもの字で、「苦労しました」なんて書き込まれている。

ただ料理は作っても、らも自身はあまりたくさん食べなかった。らもは、子供の頃、お母さんにご飯を食べさせられすぎて肥満児になり、思春期になるとお母さんから無理矢理食べさせられることに腹を立てるようになっていた。だから、私と結婚して、朝ご飯を食べなくてすむことをとても喜んでいた。

結婚してすぐに、らもは宣言する。

「僕は食べないから」

そしてどんどん食事を抜いていったら、二週間で五キロぐらい痩せてしまった。かなりゲソッとした顔つきになってしまったが、一カ月ぐらい過ぎると少し戻って、身体つきがしまっていい感じになってきた。あ、カッコよくなってきてる。私はそう思っていたのだが、二人で中島の家に用事があって出向くと、お母さんが嘆くこと、嘆くこと。

「裕ちゃん、まぁ痩せて……大丈夫？　あんた、食べさせてもらってるの？」

お母さんがあまりに心配するので、新妻の私としてはばつが悪くなるほどだった。

友達は毎日のようにやってきた。

家具で埋もれた四畳半の部屋に十人近くが集まって、みんなでワイワイやりながら一緒に食事をした。六本入りの「オールド」の木箱が三日もすれば空いてしまう。ウィスキーは高いから、これじゃ、いくら実家から救援物資が届いたとて、とても家計は保たない。そこで、やかんに二級の日本酒をドボドボ入れたのを少し温めて飲むようになった。

結婚してから一年ほどは、私の日記の半分以上はらもが書いている。たとえば四月のある一週間はこんな具合だ。


「四月十四日。ミー、組合会議、うでタマゴ出す。尼信に預金。立花支所で抄本とる。ナンバン漬けうまし。オメコするも気持ちよし」

「四月十五日。夜、カラツダ、シバチャン来る。オールド飲んで騒ぐ」

「四月十六日。ミー、お通夜。ワシ、洗い物と便所ソウジ。『ポエジ』読む。シンドー君、七時頃来る。バルビュス『地獄』古本屋で買う」

「四月十七日。ミー、学校から○○先生の葬式。クーラー買う。『地獄』読了。『シュルレアリスムと性』読み始める。ジェームズ・コバーン『殺人美学』見る」

「四月十八日。ミー、ワシ学校。六時天王寺《てんのうじ》で待ち合わせ。シンドー君と中華食い、マツバ待ち合わせて日本維新派『百頭女』見る。尻芝居！」

「四月十九日。夜七時すぎ、ナガツナ来る。酒飲んで『黄金の七人』など見る。ナガツナ、次の日の二時頃帰る」

「四月二十日。静かな夜を過ごしていると、山口、タカオ、ツカ本が来て泊まる。昼間は実家で金もらう。ミー、ソウジなどする」

らもは四年生だったので、大学に行くのは週に一度か、二度でよかった。あとは家にいて料理を作ったり、読書したり、映画を観《み》たりして、のんびりと主夫をやっていた。

七月には、二人で話題の宝塚の『ベルサイユのばら』を観に行った。安奈淳《あんなじゅん》がオスカルで、榛名由梨《はるなゆり》がアンドレをやった花組のやつだ。私は母が宝塚ファンでタカラジェンヌの知り合いも多かったので、物心ついたときから宝塚を観ていたが、らもはこのときが初体験。

上演中、らもは度肝を抜かれたみたいで、ものすごーく恥ずかしそうにしていた。観客席に男性が少ないからではない。キラキラと夢々しい舞台と、お芝居そのものにテレていたのだ。でも、家に帰ると、興奮してさかんに、

「私はフランスの女王なのですから」

なんて、上原まりがやったマリー・アントワネットが見えを切る真似《まね》をしていた。

そして、しみじみと感心していた。

「『お客様は神様です』の三波春夫はすごいと思ってたけど、宝塚のほうがもっとすごい。参りました」

この頃のらもは、不安を抱えながらも、卒業したら何かをしようという具体的な目標があるようには見えず、将来はバンドで食べていければいいかなぐらいに漠然と考えていたようだ。「どうするの？」なんて私も訊いたことはない。ひょっとして、このままずっと私が働いて、らもは主夫をやっていくんだろうか……それならそれでもいいと私は思っていた。

ところが、その年の八月に、私が妊娠していることがわかった。

二十四歳の私はすぐに子供がほしかったわけではない。ただ、子供というのは、なかなかできないものだと思っていた。結婚している友達もまだ少なかったし、職場にいる女性はシスターばかりなので、妊娠を身近なものとして感じられなかった。だから、避妊をやめても妊娠するまでには二、三年かかるものだとなんとなく思っていて、六月頃に避妊をやめた。その時期なら、万が一、すぐに妊娠したとしても生まれるのは四月以降になり、らもも大学を卒業していると漠然と考えていた。

そうしたら、万が一が当たってしまい、すぐに妊娠してしまったのである。七月ぐらいに生理がこなくなり、「えっ？」と思う間もなく、すぐにつわりがはじまった。

「妊娠したみたい」

「あ、そう」

八月十一日の日記に、らもは書いている。

「祖母死す。ミー妊娠ばれる」

なんの因果か、らもの母方のおばあさんが亡くなった日に、私の妊娠がわかったのだ。

その頃のらもは卒業制作のことで頭がいっぱいだったようで、あまり感動した様子はなかった。これがもう最後だと言いながらバンド活動にも精を出していた。でも、しばらくして、らもは言った。

「もうちょっとしたら、髪を切るから」

その言葉を聞いて、らもが卒業したらきちんと就職しなければいけないと考えていることがはじめてわかった。バンド活動に熱中するのも、社会人になるとできなくなるからだったのだろう。

私の妊娠を知った母は大喜びだった。またしても恐怖の買い物攻撃が始まり、早速ベビーベッドを買い込んで、それでなくても狭い我が家のダブルベッドの横に運び入れた。身体を横にしてお腹《なか》をひっ込めなきゃ、ベランダに出られないじゃないか！

らものお母さんは、あまり料理をしない私の身体を心配して、料理を一品作ってくれることになった。私は毎日、歩いて五分の中島の家まで、青菜のお浸しとか、ナスの煮《た》いたんとかのお惣菜《そうざい》をもらいに行った。

すぐ近くに住んでいるのに、お母さんが私たちの立花のマンションに来ることはまったくなかった。お父さんが家にやってくるときも、

「上がったら迷惑やから、早く帰ってきなさい」

とわざわざ注意していたそうだ。だから、お父さんも何かを届けにきても決して家に上がろうとはしなかった。大事ならもがどんなふうに暮らしているか気になっただろうに、私たちにものすごく気をつかっていた。そういえば、らもも同じだった。私が、子供たちを連れて中島の家に遊びに行こうとすると、らもは必ず言ったものだ。

「早《は》よ、帰ってきてよ」

「なんで？」

「お袋が疲れるから」

らもは、自然とお母さんの真似をしていたのかな。

つわりで食べられない日が続いた。

「食べられるものを、食べられるときに食べなさい」

私は、お母さんにそう言われていたので、つわりのときには食べたいものだけを食べていた。食べたいものは、アワビとサザエと赤貝の寿司《すし》だった。ずいぶんと贅沢な身体になってしまったものだが、立花の駅前には夜中の十二時近くになっても開いている店がたくさんあったので、らもと二人でよく食べに行った。夜中に焼き肉を食べに行ったりもした。

お腹は少しずつ大きくなるが、らもはまだ子供が生まれるという実感は湧いていなかったようだ。ときどき、「大丈夫か?」と聞いてくれるのだけれど、掃除や洗濯をしてくれることはほとんどなかった。料理以外の家事はできなかった。らものお母さんがどんなに疲れていても、家のことは全部自分でやっていたのを見て育ったから、それが当たり前のことだと思っていたのだろう。

ある日、私は仕事であまりにも疲れて、家に帰って、ワーワー泣いたことがあった。らもは流産したのかと真っ青になってうろたえていたが、私はそれでも泣き続けた。妊娠で少し精神が不安定になっていた頃の話だ。

九月のはじめ、らもは神戸にある会館を借りてコンサートを開いた。にわか集めのメンバーで作った即席バンドでのコンサートだったが、それは、らもにとって意味のあるものだったに違いない。

翌日、私はらもに言われて、和式便所でしゃがんだら便器に付くぐらい長かった彼の髪の毛をバッサリ切ってあげた。

それから一カ月後の戌《いぬ》の日に、私は腹帯を巻いた。お母さんがお祝いに五万円をくれた。私の体調は順調で、出産前の七六年三月には小林聖心を退職した。その頃には、らもは就職を決めていた。子供が生まれたら私は当分働くことができないので、自分が就職しなければいけないと彼は焦っていたようだ。結局、卒業間際の二月に、会計士をしているらもの叔父さんの紹介で、大阪にある「大津屋」という印刷会社に就職が決まった。甥《おい》を心配した叔父さんが、経理をみている得意先の会社に頼んでくれたのだ。

学生時代に別れを告げ、社会人としてのスタートを切ることになったらもが最初にやったことは、通勤用のスーツを買うことだった。スーツにまったく関心がなかったらもがスーパーで買ってきたのは、これ以上はないというぐらいの安物で、八言うまでもない。

千円のペラペラの化繊素材のスーツだった。そのスーツを見た母が慌てたことは、

「それじゃ、ダメよ」

母はたちまちデパートに走り、一着四万円のピエール・カルダンのスーツを四着と、絹の太いネクタイをバンバン買ってきた。勤めてからミナミのキャバレーに行ったとき、らもは「あなたのネクタイが一番上等ね」とホステスさんから誉《ほ》められたそうだ。

らもはネクタイの結び方を知らなかったので、私が教えてあげた。

「大津屋」でらもが配属された部署は営業である。新規の得意先を開拓し、印刷物を受注して納品するのがらもの仕事だった。

一九七六年四月、らもが働きだした三日目に長男の晶穂が生まれた。らもを会社に送り出したあと、私は出血していることに気づき、荷物をまとめて病院へ向かった。らもの実家近くの産院。そこは偶然にも小林聖心の生徒の父母が経営しているところだった。

病院へ行って昼食をとっていたら破水したので、そのまま分娩室《ぶんべんしつ》へ向かった。お

昼ぐらいに病院に入って、三時ぐらいにはもう生まれていたのだから、かなりの安産だった。その日、三人の妊婦が一緒にお産をした。その中では私が一番小柄だったが、生まれた子供は一番大きく、三千五百グラムほどだった。なかなか出てこないので、吸引分娩になった。いきみすぎて、顔の毛細血管がぶちぶち切れて、お産が終わったときの私の顔は真っ赤っ赤だった。

光り輝く神の子が降りてきた。晶穂が生まれた瞬間、私はそう思った。もったいなくもありがたい、まさに赤ちゃんさまがお越しになったという感じだった。

夕方、仕事が終わったらもが「早かったね」と言いながら駆けつけたとき、赤ちゃんは私の横に寝かされていた。

子供と対面したときのらもの第一声は、

「面白いね」

それから、もう一言。

「可愛《かわい》くないね」

まだ父親としての実感が湧いてこないのか、それともテレているのか、らもの反応は淡々としたものだった。生まれたての晶穂は、顔が真っ赤で、鼻がデンとあぐらをかいていて、頭も大きかった。赤ちゃんって、ちょこんとしているイメージがあったが、晶穂はとにかくどーんとした感じだったのだ。

母は、ずっと泣いていた。

「美代子、痛かったやろ」

らものお母さんは、その日は、来なかった。お母さんは家事の他に歯科医院の受付から保険事務、さらには経理まですべてやっていたので、駆けつけたくてもできなかったのだ。

晶穂という名前はらもがつけた。将来、お米に困らないようにという願いを込めて、「穂」という字を入れた。はじめに光るような名前がいいと言って、「輝穂」にしてみたのだが、「輝」という字を書いてみたら、漢字が四つのパートに分かれるのはあまり縁起がよくないということで却下した。次に考えたのが「至」という字。

「どこに至るかわからない」

次が「光」。

「頭がはげたらあかん」

らもはいろいろ候補を出して、その都度、却下となり、結局「晶」の字に落ち着いた。ほんとは、らもは最初から晶穂を考えていたんじゃないだろうか。

たくましくて、誰からも好かれる元気な子に育てよう。らもと私の間にはそんな義務感みたいなものが芽生えていた。

晶穂が生まれてからの一カ月間、私は実家に帰っていたので、らもは日曜日毎《ごと》に子供の顔を見にやってきた。少しずつ大きくなっていく晶穂を見るのは嬉しかったのだろう。抱っこしたり、あやしたり、それはもう可愛がっていた。

私は当時流行《はや》っていた、松田道雄の『育児の百科』を熱心に読んで子育ての参考にしていたが、子供の扱いが荒かったようで、らものお母さんがとても心配した。ベッドに寝かそうとすると、布団を敷きはじめる。

「そこは危ないから、布団に寝かせよう」

どうしてそんなふかふかにしなきゃダメなの？　私は不思議に思って見ていたが、きっとらももそうやって、まるで真綿にくるむように、大事に大事に育てられたんだなと、そのとき、改めて感じた。

一カ月が過ぎて私は晶穂を連れて立花のマンションへ戻ったが、当時の我が家は子育てには最悪の環境だった。晶穂が生まれたあとも、相変わらず「バンビ」の仲間たちがたむろしていたからだ。始終飲んだくれがゴロゴロし、中には酔っぱらって晶穂にキスするようなヤツまでいた。

「舌入れたら吸ってたで」

「あかんわぁ、この子、おかまになっちゃう」

らもは、いつも、みんなが食事をしながらワイワイやっているのを、一人飲みながら見ていた。そして、みんなの食事が終わったあとで、ラーメンでも何でもいいから、自分だけの食事を作ってほしいと私に頼むのだ。

子供の頃、お母さんは、らもだけに特別の夜食を作ってあげていたんだろう。結婚してから、らもは、それを私に求めるようになっていた。

第五章　『バンド・オブ・ザ・ナイト』な日々

子供ができたとき、らもは何も考えていないように見えた。でも、らもは根がとても真面目だ。私に代わって、自分が働いて家族を養っていかなければならないという責任感で、ほんとうは不安に圧《お》しつぶされそうになっていたのだろうと、今ならわかる。だから、就職先にこだわることもなく、叔父さんに勧められるままに「大津屋」に就職した。

でも、私は能天気だったので、らもが就職するにあたり、社会人として先輩風を吹かせていただけだ。

「就職すると、いきなり環境が変わるから、私は緊張で吐いたよ」

「最初の一年なんて、ほんと、アホみたいな状態なんだよ」

「二年目になれば、仕事は楽になるけどね」

らもはボーッとしているから、一年ぐらいたたなければ一人前になれないだろうと、励ますつもりで言ったのだ。ところが、なんと、学習能力の高いらもは三カ月で仕事を全部覚えてしまい、あっという間に仕事一直線の男に変身してしまうことになる。まるで勉強マシンのときの再現。そばにいても、とにかく仕事を覚えなければいけないという、気迫みたいなものがビシバシ伝わってきたし、何より顔つきが変わっていった。

それまでのらもは頬のあたりがポワンとしていたのに、キュキュッと引き締まった。私が切っていたときはてっぺんを短くした、かまやつひろしみたいな髪型だったのに、入社するやいなや、きっちり七三にわけて、耳の上でキレイに切りそろえるサラリーマンヘアに仕上げていた。一度床屋に行ったのに、鏡を見たらまだ長かったので、翌日もう一度行って刈り上げる、それぐらいの念の入れようだった。

服装も一変した。今までのフーテンルックから、母の買ったカルダンのスーツを着て、太いネクタイを結び、ザ・サラリーマンの背広姿へと見事に変身した。足元はもちろんサラリーマン御用達《ごようたし》の地味な革靴だ。それでも、らもらしいこだわりがひとつだけあって、ズボンは少し長めにするのだ。脚を長く見せたかったのだろうが、靴を脱いだときズボンがだぶついてしまい、周りにはバレてしまうのにね。

とにかく、らもはどこからどう見ても立派なサラリーマンの格好で、毎朝七時半に家を出て、帰ってくるのはほとんど真夜中というモーレツ社員となったのである。終電で帰ってくることもあったし、タクシーのときもあった。どちらにしても、毎晩、酔っぱらっていた。

らもに仕事を教えてくれたのは、先輩社員の籾井《もみい》さんだった。籾井さんは、「必ず煙草屋《タバコや》で値切る人」として、らものエッセイに登場するが、その人が、らもに名刺の渡し方から、挨拶、お辞儀の仕方まで、社会人としての基本はすべて教えてくれた。

だが、「大津屋」の社長はぼんぼんの典型的な二代目社長だった。何か困ったことがあるとすぐ父親のところへ相談に行き、連夜、社員を連れて料亭へ行って説教をし、そのまま馴染《なじ》みの女がいるバーへ行き、そこでベロベロになってしまう。

「能力なんかなくても、社長は務まるんや」

社長に連れられて、毎晩遅くまで飲み歩いていたらもはよく愚痴っていた。

らもは、仕事と夜のつきあいでへとへとになっていた。口べたならもにとって、営業の仕事はとてもつらいはずだった。それでも、負けん気の強いらもは、なんとか頑張って、働いていたのだ。

そして一方の私はといえば、学校をやめて、時間を持て余すようになっていた。

産後の肥立ちが悪く、三カ月過ぎても出血が止まらなかった私は、なかなか体調が快復しなかったので、しばらくは一週間に一度、母に育児と家事を手伝ってもらっていた。間もなく元気になると、子供は可愛かったし、育児も面白かったけど、育児と家事だけでは時間が余る。それで、実家の隣にあった点字図書館に頼んで、点字の通信教育の勉強をはじめたり、毎週決まった時間にテレビドラマを観《み》たりして、時間をつぶしていた。

ある日曜日、しばらくぶりに我が家にやってきた鈴木創士が、私たちを見て言った。

「お前ら、所帯やつれしたな」

確かにそのとおりだった。らもが働くようになってから、二人で外に遊びに出ることはおろか、まともに会話する時間もなくなっていた。平日、らもが家で夕飯を食べることはなかった。帰ってきたら、水を飲んで寝るだけ。そんな生活がずっと続いていた。二人で寄り添うように暮らしたのは、結婚して晶穂が生まれるまでの短い間だけだったような気がする。

恋人時代、あんなに二人でいたくて、あんなに話すことがいっぱいあったのに。そんな時間もなくなった。私が、淋《さび》しさを訴えると、らもは困惑した。

「そんなことを言われても困るな。僕には僕の仕事があるから、ミーが淋しいのは自分でなんとかしてもらわないと……」

私はらもの言葉を聞いて、もっともだと思った。淋しかったけど、それにもだんだん慣れてきた。だって、らもは家族のために一所懸命働いているのだから。

そして赤ちゃんはどんどん育つ。


七七年にそれまで暮らしていた立花のマンションを離れ、宝塚に家を建てることになった。その頃の私は、新聞の折り込みで入ってくるマンションのチラシを見るのが日課だった。どの物件を見ても、玄関を入るとすぐトイレ、という間取りばかりなのが気に入らず、どこかに画期的なものはないものだろうかと考えながら、ボーッと眺めているのが好きだった。

ある日、チラシを見ていたら、らもが言った。

「家、建てることにしたから、もうマンションのことは言わないで」

怒ったような口調に驚いた。

「いや、別に本気でほしいわけじゃなく、図面を見て楽しく遊んでるんだけど……」

どうやら、私がマンションのチラシを眺めているのを見て、家をほしがっていると思ったようなのだ。しかも、私に言ったときにはすでに親に相談し、家を建てる算段をはじめていた。大手土建会社に勤めているらもの叔父さんが勧めたという。「ものすごい勢いで建築資材が上がっているから、今すぐ借金してでも家を建てろ」

それで、らもは決心したのだ。

それならそう素直に言えばいいのに、何を怒ってるんだろう。今、思えば、私が贅沢《ぜいたく》に育っていることが、らもにとっては重荷になることがあったのかもしれない。私は、逆にそれを恥ずかしいと思うことのほうが多かったのに。

結婚のときもそうだ。結婚式も何もせず、ただ一緒に暮らせればそれでいいと思っていたのに、母があれもこれもと言いだして、可哀想《かわいそう》だから好きにさせてあげようと思ったら、母は、私が必要ないというものまで買い集めた。らもには、私たちが物欲まみれの人間に見えるのではないかと不安で、そしてとても恥ずかしかった。あの頃、上村一夫《かみむらかずお》の劇画『同棲《どうせい》時代』や南こうせつとかぐや姫の『神田川』が流行《はや》っていた。貧しくとも愛し合っている若い二人が、四畳半一間の狭いアパートで寄り添って生活する、私はそんな世界に憧れていた。でも、らもには私の気持ちがわからなかったようだ。

新しいマンションがほしいなんて、私が言うわけないのに。らもは勝手に深読みし、一人でいじけてしまう傾向がある。らものそんな性格も、一緒に暮らすうちに少しずつわかってきた。

私たちは家を建てることになった。宝塚の土地は元々、らものお父さんが買ってあったものを譲り受けたものだ。敷地は五十坪。その土地は、いずれ息子の一人がそこで歯科医院を開けばいいと思い、買ってあったそうで、引っ越したあと、近所の人に「歯医者さんができると思ってたのに」と言われた。お父さんやお母さんは、らもにも歯科医になってほしかったのだろう。

建築は叔父さんに頼み、資材も安く揃《そろ》えることができて、二十二坪の家を七百万円で建てることができた。頭金は二百万円、残りは金融公庫のローンで、五十五歳まで月二万七千円ずつ払っていく計算だった。ローンは、後にらもが失業したとき、お母さんから「これで家のお金、払ってしまいなさい」ともらった七百万円で完済した。

デザインは私の親戚の建築家に頼んだ。そのときに私が出したリクエストは、トイレが玄関の隣にあるような間取りにはしたくない、それから広々明るくしてほしいということ。このふたつだけ。

一階には東南が窓の八畳のリビングと六畳の和室に台所、お風呂とトイレ、二階は夫婦の寝室と子供部屋と納戸のある、親子三人で住むには充分な広さの家ができ上がった。庭には花や木をいっぱい植え、子供の滑り台を買い、砂場も造った。長女の早苗が三年生になったとき、「男の子と女の子は別々の部屋がいいだろう」と、らものお兄さんが自分のお金で二階にもう一室、早苗のための部屋を建て増ししてくれた。

新しい家ができたとき、らもはまだ二十五歳で私も二十六歳だった。地鎮祭など面倒なこともあったけれど、若くして自分の家を持つことができたのはラッキーだと思った。でも、その一方で、別に望んだわけじゃないのになぁ、なんとなくまずいことになったなぁという気もしていた。

長男の晶穂が生まれて二年後、七八年の六月十三日に、私は同じ産院で長女の早苗を産んだ。今度は、二千七百五十グラムの女の子だった。男親は女の子が可愛《かわい》いというけれど、らもは今度は、明らかに興味を示していた。晶穂のときはおむつなど替えようともしなかったのに、早苗のおむつは、いそいそと替えようとするからびっくりした。もっとも、開けてはみたものの、ウンチを見たら驚いたようで、すぐに閉じてしまい、結局おむつ替えは一度もしなかった。

私は、長男の晶穂が生まれたときは、きちんと正しく育てようという義務感みたいなものが強かったが、早苗のときはただもう可愛いだけだった。晶穂に比べたら、早苗は全体的に小さくて、指も小枝みたいに細かったから、動物の赤ちゃんを可愛いと思うのと同じような感じだった。子供は三歳まで手がかかるというが、ほんとに弱くて儚《はかな》げな生き物だった。

早苗という名前は、昔、「バンビ」でよく一緒になっていた女の子の名前だった。いつもコロコロ笑っている可愛い子だったので、あんな子に育ってくれたらいいなと思い、その名前をもらったのだ。漢字は、今度も、らもが決めた。晶穂の〝穂〟、早苗の〝苗〟、どっちも米に関連した文字で、そこには二人とも将来食いっぱぐれることがないようにという、らもの願いが込められている。

立派なサラリーマンになっていたらもは営業の接待と称して、キャバレーに行ったり、雄琴《おごと》のソープランドに行ったり、会社の旅行で韓国へキーセンツアーに出かけたりするようになっていた。でも、女遊びするらもを不潔だとか、嫌だとは思わなかった。

らもは策略家だから、私には、最初に飲み屋に行き、キャバレーに行った話を面白おかしく聞かせる。キャバレー話で慣れさせてから、次にソープの話をする。長らくソープの話で笑わせてから、韓国に行って焼き肉を食べてからキーセンを買いに行った話をする。少しずつ段階を踏んで話すので、「そうか、それもお仕事だわな。しょうがないわな」と、私は思うようになり、そのうち、「素人でもいいよぉ〜」と言うようになった。それに妊娠すると、私は生理的に男性が嫌になってしまい、セックスはしたくなくなるので、らもが外でやるのもまあ仕方がないなという気持ちもあった。

私は、しっかりらもにマインド・コントロールされていたと思う。「そのままのミーでいい」と言われてつきあうようになったけれど、恋人になってからは、私は納得ずくでらもが喜ぶように努めてきたからだ。

社会人になり、家を建ててから、らもは一気に老けた。実際、今まで生えてもいなかった脛毛《すねげ》が生えだし、おっさんぶりがすっかり板についてきて、あっという間に少年の面影は消えてしまった。私が知っているらもとはどんどん違ってきたが、それはそれで立派なもんだなという思いで見ていた。入社したばかりの頃は挨拶ひとつ、まともにできなかったのに、今はきちんと挨拶をして、ちゃんと仕事をしている。見上げたヤツではないか。私の中にもおっさんはいるので、二人でいるとなんだかおっさん同士みたいな感覚だった。

早苗が生まれた年、二十六歳のらもの前に、一人の女の子が現われた。「ふっこ」ことわかぎゑふである。

この頃、らもは、「大津屋」の社長から、クライアントの接待のために、ゴルフを練習するように仰せつかり、大阪の打ちっぱなしセンター、よみうりゴルフガーデンに通っていた。ちなみに、らもの初ゴルフは、ずっとあと、八二年の九月にグリーン・デビューしている。

その日の日記に、らもの自筆で記録が残っている。

「ときわ台にて初ゴルフ。八七、一〇〇、一〇二たたく。自分の運動神経が許せない！」

話が逸《そ》れたが、二十六歳のらもは、よみうりゴルフガーデンの喫茶店で、アルバイトをしていた短大生のふっこと知り合うのだ。ふっこはイナバの彼女の後輩だった。

らもは、ふっこを家に連れてきた。十九歳のふっこは、可愛らしい女の子だった。はきはきと元気で、清潔で、勝気で少年のようで、ホッペタを押したら動く、カラクリ人形に似ていた。らもは、女々しい人は嫌いなので、ふっこがすぐに気に入った。

このときからふっこは、らもを「おっちゃん」と呼んでいた。まあ、十九歳の女の子から見れば二十六歳のらもは、おっちゃんに違いない。らもはいつも友達を連れて帰ってくるし、ふっこにも私を「カミさんや」と軽い感じで紹介するから、最初は、キャバレーやソープで知り合った女の子の延長ぐらいにしか考えていなかった。ふっこから、毎晩のようにらもに電話がかかるようになっても気にならなかった。電話の途中で、らもが私に受話器を渡すこともあったし、ふっこは「ミーさん、大好き」と私にもなついていた。

ところが、らもの服装がお洒落《しやれ》なものに変わってきた。背広を脱ぎ、サラリーマンヘアをやめて髪をオールバックにし、サスペンダーをつけたストレートのズボンにブレザー、マフラーをして、サングラスをかけるようになった。らもは明らかに浮かれていた。

怪しいぞ、これは。らもは恋愛している。私はそう確信した。そういえば、ふっこもちっちゃい。

ふっこは、出会った人には必ず、自分の貧しくドラマチックな生い立ちを語るから、大抵の人はそれにグッとハートを摑《つか》まれてしまう。らももふっこの健気《けなげ》な頑張りに心を奪われたのだろう、彼女を追いかけまわしていた。今思えば、そこには、贅沢に育った私への無意識の反発もあったような気がする。彼はよく、「ふっこは下町の娘で」と誉《ほ》めていた。

私の前で、よく長電話できるもんだとは思ったが、だからといって私にできることは何もなかった。だって、人が人を好きになることは誰にも止められない。それに私も、ふっこはいい子だと思っていたから。

らもが帰宅しない日もあった。

ある時期から、ふっこはさかんにらもに訴えるようになったという。

「どうしたらいいか、わからへん。ミーさんに悪い」

おかしなことになってしまっているな。なんか悪いなぁ、私が先にらもと出会ったばかりに、まだ十九歳の女の子を苦しめることになるなんて。私はどうしたらいいんだろうか。私が日記に書く。

「ラモンは最近ひどくサエているが、反面かなりわがままである。ミーが犠牲になっている。家より外を大事にしている。反省しているくせに全く態度がなおっていない」

らもが返事する。

「すんまへん」

なんだか苦しくて胸がもやもやとしていたが、一年もしないうちにふっこは短大を卒業して、芝居をしたいと東京に行ってしまった。どんなに好きでもらもには私や子供がいる、それがつらいから大阪から去っていったのだろう。私は、そんなふっこをいい子だなと思っていた。

ままならない恋のせいなのか、ふっことの恋愛と並行するように、らもがグレはじめた。学生時代のように、睡眠薬でラリるようになったのだ。らもの書いた小説『バンド・オブ・ザ・ナイト』時代のはじまりだ。

らもは、仕事が終わると、毎晩のように大阪の四ツ橋《よばし》にあるカフェ・バー「パームス」に通っていた。そこは一階が喫茶店で、二階がバー、地下がディスコになっていて、ギョーカイ人や外国人も多く出入りしていたので、タウン誌などではよく、大阪で一番新しいカルチャーの発信地だと紹介されたりもしていた。そこにたむろする人の間では、睡眠薬やドラッグはごく普通に流通していたというか、流行っていた。

らもは、ディスコで朝まで踊ったり、飲みに行って酔いつぶれ、一人では歩けなくなってしまい、両脇を抱えられて帰ってくるようになった。たいていは鈴木創士が一緒だった。

創は、「バンビ」のフーテン仲間で、らもより二学年下だけれど、灘高と並ぶ関西の進学校、甲陽《こうよう》学院高校の出身で、日本の大学には行かずにフランスへ留学し、ソルボンヌ大学に入った。でも、ドラッグや何やら悪いことをたくさんやったので、その頃、日本へ強制送還されたところだった。

らもにとって、創はライバルというとちょっと違うかもしれないが、いつもいつも意識している存在だったように思う。ある意味、憧れていた。

甲陽学院はわりとおとなしい男の子が多かったが、創は高校生の頃から無茶なことばかりしていて、文武両道を地でいく男だった。政治にも興味があった。反体制的で、学生運動に没頭していて、バリケードの中から「バンビ」に遊びにきていた。数学にも強い。とくに腕力があるわけでもないのに、怖いもの知らずで、誰にでも向かっていった。しかも創は背も高くルックスもキース・リチャーズばりにカッコよかったので、女性にとてもモテた。お洒落で、いつも違う女の子を連れて歩いていた。

一方のらもは内省的で、政治にはまったく関心がなく、数学より文学が好きで、モテなかった。クラシックに造詣《ぞうけい》が深く、ジャズに耽溺《たんでき》する創に対して、らもはフォークソングだった。営業用の接待カラオケとはいえ、クール・ファイブなんかも歌っていた。

睡眠薬を覚えたときも、創は、闇ルートの売人をみつけ、たとえそれがヤクザであろうと自分で買いに行った。彼は目的のためなら何でもした。でも、らもは結婚をし、子供が生まれ、守らなければいけない存在がいるから、そう無茶はできない。らもは、創に比べると小市民的だった。

情報が早い創が難解な本を読んでいるのを知ると、らもは自分がそれを知らないことをものすごく恥に思い、一所懸命読んで勉強していた。それまで日本の文学しか読んでいなかったらもがシュールレアリスムやフランスの哲学へと傾倒していくのは、当時の流行もあるが、創の影響が大きい。

今、創は美大の講師をし、芝居の神様、アントナン・アルトーや、『女たち』の作者フィリップ・ソレルスなどの本を訳したりしている。

らもにとって創は、終生、敬愛すべき友人であった。


らもが仕事で忙しくなってからは、我が家を訪れる友人たちも間遠になり、しばらくの間、私は静かに暮らしていた。それが、七九年頃になると、らもと創が「パームス」で知り合った人たちを次々と家に連れて来るようになり、中島家は再び友人たちのたまり場と化していった。

その頃、リビングにはまだ大テーブルはなく、炬燵《こたつ》が置いてあった。その周りで、どこの誰だか知らない人が、寝ている、なんてことが、当たり前のようになる。私は彼らの食事の面倒をみながら、小さな早苗の世話や、晶穂の幼稚園の父母会やスイミングスクールの送り迎えなど、子育ても忙しかった。

らもが、会社をやめると宣言したのは、一九八〇年の二月だった。

「会社やめるわ」

ラリリ状態で前日会社を休んでいたらもが突然宣言した。私は驚きもしなかった。

「ふーん、いいよ」

理由を聞いてみると、どうやら一年前の春からコピーライター養成講座に通いはじめたことがきっかけだったらしい。得意先の担当者がそこに通うという話を聞き、負けず嫌いのらももも一緒に通うようになったのだが、そのうち、仕事よりそっちのほうが面白くなってしまったのだ。コピーライター養成講座でのらもはとても優秀だったようで、よく創たちと一緒に課題を考えていた姿を覚えている。

ほんとうは、社長のお守りにも、印刷屋の営業にもうんざりだったのだろう。らもは、この年の五月二十日に「大津屋」をやめた。

私はまったく反対しなかった。らもは言いだしたら必ず思いを通すし、六カ月間は雇用保険が出るわけだから、きっとその間になんとかして、私たちを困らせるようなことは絶対にしない。と思ったけれど、実際には、次の就職口を見つけるまでに二年かかってしまった。

じゃあ、どうして生活していたのか。

雇用保険が切れたあとは、両方の親に援助してもらったのだ。

前にも書いたが、家の月々のローン二万七千円は、見かねたらものお母さんがまとめて払ってくれた。

「お金いるでしょう、美代子さん。これ、使ってちょうだいね」

そう言って、七百万円が入った通帳をポンと私に渡してくれたのだ。

「それはな、お袋がおでんのつゆとか、ちょっとずつ節約して貯《た》めたものや」

通帳を見たらもは、少ししんみりとしていた。お母さんは、それからも「美代子さん、痩せてるから、これでなんか食べなさい」などと言っては、よくお金をくれた。

らもがその春、「大津屋」をやめてから、我が家にたむろする人間は一気に増えた。「パームス」で出会った人や、他の飲み屋でたまたま知り合った人をそのまま連れて帰ってくることもしばしばあった。

私は毎週、実家に行って、スーパーで籠二杯分ぐらいの大量の買い物を母にしてもらっていた。実家の養鶏場から卵が段ボール箱に詰められて届くこともあった。母がやってきて、子供たちと遊んでくれた。わけのわからない人間が集まってるからぎょっとはしたと思うが、創や高校時代から家に遊びにきていた友達も何人かいたので、何も言わずに用事をすませて帰っていった。

家にたむろする連中には、睡眠薬でラリっているヤツも多かった。当時は最後のハイミナールが手に入った時代だったし、らもの友達の医者が五百錠ぐらいいため込んでいたので、みんなでそれをかじるのだ。睡眠薬がなくなったら、私がオートバイで京都のその医者まで買いに行ったりもした。シンナー、咳止《せきど》めシロップもよくやっていた。

私も、彼らと一緒にやるようになった。私は、小さな子供を抱え、大勢の居候たちの世話もし、ものすごく忙しかった。毎晩四、五時間しか眠ることができず、疲れ果てた末、睡眠薬だけでなく、不良外国人が持ち込んだ咳止めシロップを飲んでみた。飲むと気持ちがすーっと落ち着いて、よく眠れるようになり、気力が戻ってきた。

その頃のらもは、マリファナだけは絶対家に持ち込ませなかった。一度不良外国人が持ってきたら、エラい剣幕で怒っていたのを覚えている。

「マリファナはやめてくれ。ここは普通の家で、子供もいるし、妻もいる。二階は子供の部屋だから、行かないでくれ」

合法のものはいいけど、非合法はいけない、というらもなりの境界線があったのだ。らもは、エッセイを書きはじめた当初、家族のことは書かないようにしていたが、それもらもが私たちを守ってくれようとしたんだと思う。

酒だけを飲むヤツ、薬だけをやるヤツ、いろいろいた中で、らもは酒も薬も、両方ガッポリやっていた。酒はアホになるまで飲むし、薬を飲んでいても酒を飲むし、それでめちゃくちゃになっては、いつもそこらへんに転がっていた。京都のフーテン外国人の間では、我が家は「ヘルハウス」、つまり「悪魔の館」と呼ばれていたそうだ。まったくピッタリなネーミングだったと思う。

入れ替わりやってきては数日泊まっていく人もいれば、どっぷり一カ月以上居候している人、東京の若いカップルやオーストラリアからの留学生、万引き常習犯の京大卒の男……合わせて十人ほどが居候していたこともあった。私の日記の記録によると、出たり入ったりの人や泊まりっぱなしの人などを入れると、一カ月に最高百一人、平均して、のべ六十人から七十人が泊まっていたことになっている。人が多すぎて、お正月に、汲《く》み取り便所のフタがしまらなくなってしまったこともあるほどだ。

そんなある日、大事件が起こった。

家の前で、近所の人たちとコープの食料品をわけていたときに、水道屋の軽トラックがやってきた。家の前は、母親と子供だらけだったので、なかなか道があけられない。私は、立ち往生している小さな子供の自転車を道端に押してあげたのだが、後ろから二歳の早苗がついてきていることに気づかなかった。やっと道があいたので、不機嫌にトラックは通っていった。早苗がそのトラックに巻き込まれ、三回転して、トラックの下から転がり出てきて、大声で泣きだした。その時点で、私はまだ何が起こっているのかわからなかった。トラックが止まり、運転手が降りてきた。私が走り寄ると、早苗の頭はぱっくり割れて、血がピューッと噴きだした。私は叫んだ。

「救急車呼んでーッ～」

らもたちが家から飛びだしてきた。みんな騒然として、真っ青で、うちの居候たちはオロオロしていた。早苗は七針縫ったが、奇跡的に全治五日の軽い傷ですんだ。

私は宝塚警察署に呼ばれて、事情聴取されたが、まるで犯人扱いでがっくり。

「でも、あんたも悪いんやで」

「なんで」

「子供をみてなかったやろ。子供は親についてくるもんや」

「えっ、知らなかった」

「親は子供をみる責任があるねんで。知らんかってもや」

私は警察官のお説教を聞いて、悪いのは私だと納得した。だから、トラックの運転手は訴えないと言うと、警察官が「訴えたら、相手から、ぎょうさんお金をとってやる」と言いだしたので頭にきた。金ですむ問題ではないだろう。運転手も悪気はなかったんだし、私も悪かったんだし。

家に戻ると、らもたちが、現場検証でトラックの運転手が犯人のように乱暴に扱われていたと、ひどく憤慨していた。それから私は軽い鬱状態となり、快復するまでに一カ月ほどかかった。

らもも、早苗が絶対大丈夫だとわかるまでの十日ほどはお酒を飲まず、やはり、鬱状態になった。そして、創のお母さんに、御祓《おはら》いのやり方を訊《き》きに行った。それまで車を運転するのが大好きだったらもが、なるべく車に乗らず、タクシーを使うようになったのは、この事故がきっかけだった。

それでも、ダメな母親とダメな父親は反省というものを知らず、このあとも、我が家には、毎日いろんな人が入れ替わりやってきた。

子供たちは誰がパパなのかがわからなくなっていた。

「パパ早く帰ってきてね」

晶穂はいろんな人にそう言っていた。

「あなたのご主人、どの人かわからないわ」

近所の人に言われたこともあった。

ある日の幼稚園の帰り道、晶穂が突然私に、「お母さん、家族って何？」と訊いたことがある。夫が営業の仕事で帰りが遅いという近所の奥さんなどは、「うちだって言ってるわよ」と言ってくれたので、私も、ま、そんなもんだろうと思っていたのだが、らもは違っていた。

晶穂の一言は、アナーキーなくせに、繊細で、真面目で優しいらもにはひどいダメージを与えたようだった。


『バンド・オブ・ザ・ナイト』の時代は、薬やお酒と、それから恋愛とセックスの時代でもあった。

あの頃、らもも私も何人の人と寝たのだろう。

らもは他の女の子とやりたかったんだろう。でも、私は他の人と寝たかったわけではない。ただ、ラリっていたし、そういう雰囲気だったし、何より、私はらもに「彼としいや」と言われるので、少々嫌いな相手とでもやった。

らもは私を、自分のものだと思っていたから、自分の友人や好きな人たちに私を差しだしたのかな。それとも、自分が他の子とするための免罪符だったのかな。そのところは、よくわからない。

「大津屋」に勤めているとき、らもが先輩の籾井さんを連れて帰ってきて、

「籾井さんと一緒に風呂に入れ」

と命令したことがあった。私はそれが、らも流の籾井さんへのサービスだとわかっていたので、裸になってお風呂に入っていった。

「背中流しにきました」

籾井さんがびっくりしてしまったので、このときは、私も慌てて出てきた。

らもがもう「中島らも」になっていて、他の女の子と恋愛中だったときの話だが、らもから、彼がとても可愛がっている若い放送作家とセックスするように言われたことがある。

「先に帰ってくれるか。ミーとやっていいよ」

らもに言われた彼がやってきたので、二階の私たちの寝室でセックスしていたら、そこへらもが帰ってきた。

「ミーさん、早く早く……」

放送作家は、スーッと青くなって慌てていた。

「だから、らもが言うてるからいいの」

放送作家は、らものいないときでも家に泊まっていくようになった。

私たち夫婦は、ヘンだったのか。私が、「あの子とやったよ」と報告すると、らもは「ふんふんふん」と喜んでいたように見えた。私には、らもの本心がまだわかっていなかった。

『バンド・オブ・ザ・ナイト』の頃のらもは、だいぶドスのきいたおっさんになっていて、カッコよかった。家には、らもの友達がよく女の子を連れてやってきたが、みんな目的はひとつ。その女の子とセックスしようと考えていたのだ。ところが来てみたら、らものほうが断然カッコいいものだから、女の子はみんならもとやりたがる。それで、らもがその子を二階の寝室に連れていってしまうのだ。

残された男の子が炬燵に入って一人しょんぼりしているのを見ていると、可哀想になって私はついつい声をかけてしまう。私は、淋しそうな人をほうってはおけない。

「我々もやる?」

男の子たちは、みな、こくりと頷《うなず》いた。

二階には私たちの寝室と子供部屋しか部屋がないので、私は一階で一人置いていかれた男の子と寝た。

子供たちには、自分の部屋以外には絶対に行っちゃいけないと言ってあった。それはたいがい夜のことなので、子供はたぶん気づいていなかったと思う。彼らは昼間の間は居候たちと普通に遊んでいた。

少々変わった人種ではあったが、子供たちにとってたくさんの大人を見ることもそう悪いことではなかったんじゃないかな。私は、子供はみんなで育てたらいいわと、思っていた。


『バンド・オブ・ザ・ナイト』の初期の頃、私が本気で好きになってしまった人が一人だけいる。

それは創が「バンビ」で知り合って家に連れてきた岡本さんという人だ。岡本さんは京大が封鎖されたときにバリケードの中にいた、京大パルチザンの残党で、京都で彼を知らない人はいないというぐらい有名だったという。岡本さんは本フェチで、文学というより、本そのものを愛していた人だった。頑固でひとつの考えに凝り固まっている偏執的なところがある人だったけど、らもは創と同じぐらい岡本さんから影響を受けていた。

地図の会社に勤めていた岡本さんは、気がつけば居候になっていた。私は、創に連れられて頻繁に我が家を訪れるようになっていた頃から、岡本さんを急激に好きになっていたような気がする。もしかしたら、私も、誰かを好きになりたかったのかもしれない。

　ある夜、二階の寝室のダブルベッドで三人で眠ったことがある。らもが寝入ったあとで、私は岡本さんと寝た。翌朝、らもに報告した。

「岡本さんとやったよ」

　結婚以来、私がらも以外の人と寝たのは、このときがはじめてだった。呆然《ぼうぜん》とするらもを見たら少し胸が痛んだ。でも、らもだって他の子としている。

「君の恋愛は薄い」

　岡本さんは私にこう言って、あまり単純に人を好きになるなと、諫《いさ》めた。

　私はすぐにときめいてしまい、それと同じぐらいすぐに思いを止めることができる。恋に落ちたら誰でも自分の気持ちをコントロールできなくなって、自分の意志で止められるものではないだろう。でも、私にはそれができてしまう。だから薄い恋愛だと言われてしまったのだろう。

　でも、岡本さんのことは好きだった。ただ、彼への気持ちとらもへの気持ちは明らかに違うものだった。たとえ誰を好きになっても、らもという存在は、私の心の中では特別、断トツなのだ。ホームグラウンドはちゃんとあり、そこからちょこちょこ遊びに出たくなってしまうのだ。

面白そうな人がいたら、ちょっとつきあってみたいと思うけど、寝てみると、すぐに冷めてしまう。こんなんだったの？　誰とつきあっても、らもに比べるとみんな見劣りがした。

私は、らもが別の女の人とセックスしていても、平気なつもりだった。悲しみや不安は感じていないと思っていた。だって、その頃はもう、らもに対する気持ちは恋愛とはまったく別のものになっていたから。

私たちは結婚して、恋人から家族になった。らもとは慈しみ合い、協力し合って子供を育てていければそれでいいと思っていた。それ以外のことはすべて仕事のようなものだった。家に押しかけてくる人の世話をするのも、セックスするのも、酒を飲むのもコーヒーを飲むのも、みんな一緒のこと。友達に「自信過剰や」と言われたことがあるが、らもと私を結ぶものが切れるはずはないと信じていた。でも、今、考えてみると、私の深層心理には、いろんな女の人と手当たり次第セックスしている、らもに対する反発と怒りがあったと思う。

私は、時折、突然、オートバイに乗って、家を空けた。そうせずにはいられなかったのだ。

夜九時には子供たちを寝かせ、それからが私の時間。オートバイを走らせて明け方に戻ってくる。しんどいけど、家から離れた自由な時間がほしかった。

私の特技は誰とでも友達になれることだ。

家の外に出ればオートバイ仲間をはじめ、私にはたくさんの友達がいた。その中の誰かと寝ることもあった。セックスが目的ではなく、優しくしてくれた人にお礼をしたかったし、そうすることである種の解放感を得られるような気がしたのだ。

私が岡本さんに恋をし、らもに言われるままに他の男の人と寝たのも、これでチャラだわ、仕返ししたわ、そんな感じだったのかもしれない。仕返しをしてやりたいということは、やはり怒りがあるのだろう。腹が立つから仕返しをするのだ。でもそのあとで、とても損をしたような気分になってしまうのは不思議だった。それは、らもの悲しそうな顔を見たときの気持ちに似ているかもしれない。

私がそうやって仕返しみたいなことをすると、らもは必ず倍にして返してきた。お互いが、相手の反応を確かめようとでもしていたのだろうか。互いに執着しているから、傷つけ合ってしまう。だからといって、離婚して別な相手と結婚するというようなことは、私もらもも、考えたことはなかった。

岡本さんも、もうこの世にはいない。

『バンド・オブ・ザ・ナイト』の後期、私にはとても苦しい、思い出したくない出来事がある。

キキとケンという、東京からやってきたカップルがいた。二人はボンの大学の友達で、らもが可愛いキキをとても気に入ってしまい、家に連れてきた。

らもは私に提案した。

「お互いの相手を取り替えてしよう」

ケンはクスリでかなりバカになっていたので、嫌だなとは思ったが、らもがそうしようと言うなら仕方ないと、言われるままに従った。ところが、ケンが私のことを気に入ってしまい、なつくようになった。

らもとキキ、私とケン。スワッピングのように二組のカップルはそれから、二階の寝室と一階に分かれて暮らした。もちろん、その間には、他の友達もたくさんやってきて、お酒を飲み、クスリをやり、もうわけがわからない状態だった。

私たちに夫婦の危機があったとすれば、あのときだ。人間関係はズタズタになった。でも、私は、ケンが好きなつもりだった。

その頃のらもは、睡眠薬とアルコールのせいで、私が食事に毒を盛っているという妄想を抱《いだ》くようになって、人が変わったように怒鳴り散らした。

「ミーは、最低な汚い女だ」

「お前は、汚いばばあだ。なんてどす黒い腹の持ち主なんだ」

「そんな醜い心で生きていて、恥ずかしくないのか」

ひどい言葉を投げつけられると、私は悲しくて、全身から力が抜けて、誰か優しくしてくれる人を求めずにはいられなかった。だから、ある日、誰もいないときにらもから、

「ミーが好きだから、ケンと別れてくれ」

と言われて、驚いた。自分から相手を取り替えようと言いだしたくせに。そのときのらもはなんだかとても悲しそうで、ガタガタに崩れていた。

「自分で言いだしたのに」という言葉を呑《の》み込み、私は、頷いた。

「わかった」

あまりにも悲しそうな顔をするので、これからはもう誰と寝ても、らもには言わないでおこうと決めた。もっとも、私のことだから、すぐバレバレになるのだが。

あるとき、創が、らもの後輩のコピーライター、ミキ君を諭していた。

「おまえ、中島と仲良くしたかったらな、いくら中島に勧められても、絶対ミーと寝たらダメだよ」

私は、創ともミキ君とも、寝たことがない。

らもが「パームス」で知り合って連れてきた男の子の中に、ガド君という子がいた。ガド君はとてもいい子で、私は、彼とも寝た。ところが、それを知ったらもが、ガド君に冷たくあたるようになり、家の中の雰囲気が気まずくなったことがある。

「らもさん、僕に何か言いたいことがあるんじゃないの？」

ガド君は怒ってらもに突っかかっていったが、らもは自分からそのことを口にすることはなかった。

らもは自分の仲良しや好きな人と私が寝ることは勧めるくせに、自分の知らないところで他の人と私が寝ることはとても嫌がった。でも、ほんとうのほんとうのところでは、自分が勧めた人とだって、嫌だったのだ。それは、うんとうんとあとになって気づいたことだけれど、もう遅かった。

創は、ある日、ケンと仲良くしている私に言った。

「ミーは、らもに復讐《ふくしゅう》をしてるんだね」

創は、私がケンと恋愛することでらもに仕返しをした、というのだ。そう言われればそうかなという気もする。岡本さんを好きになったことは少しも後悔していないけれど、ケンのことをなぜ好きになったのか。今では、ちっともわからない。

スワッピング状態は二年ほどで終わったが、私とケンのつきあいは、らもがコピーライターになってからもしばらく続いていた。終わったのは、ケンが万引きで宝塚警察署に捕まったのがきっかけだった。

私はいったい、何をやっているんだろう。

睡眠薬をやっていると、オートバイに乗るのも危険だった。だから、ケンと別れたのと同時に睡眠薬はきっぱりやめた。でも、咳止めシロップは、どうしてもやめられなかった。家にはやっぱり居候がいたし、らもは相変わらず酔っぱらってわけのわからない人間を連れてきたかと思えば、帰ってこないし。子供にも手がかかった。私に代わって母が面倒をみてくれるときもあったが、母は子供たちを甘やかして、夜更かしさせたり、甘いジュースやコーラを与えたりするので、安心して任せられない。私はどんなにしんどくても起きて、子供を幼稚園に出して、お迎えに行って、ご飯を作って食べさせなければならない。

「えぇ、また、ご飯まだなの……」

この頃の私が作る食事は遅れがちで、しかも量が多くて同じものが続いた。子供たちはいつも嫌そうな顔をしていた。

ケンのことで、らもや仲間の信頼を失い、女を下げた私は、主婦としてもあかんたれになってしまっていた。『バンド・オブ・ザ・ナイト』の日々は、私を咳止めシロップと睡眠薬でバカにし、性格も主婦としてもダメダメにしてしまったのだ。

やがて、らもが家に帰ってこなくなり、外で女の人と浮気するようになるのも、きっとミーがバカになってしまったからだ。

第六章　中島らも誕生

らもはエッセイで、自分が再び働きはじめたのは、私が「正月の餅が買えない」と言ったことがきっかけだ、と書いている。私は、そんなことは言わない。餅なんかなくても平気だ。第一、お母さんから七百万円をもらっていたし、私の実家からも援助があったので、生活はなんとか賄えていた。ただ、らもが自由に使えるお金はもうなくなっていた。

らもは、「PISS」というバンドを結成し、ほんとうはロックで一発当てようとしていたが、それが実現する前にお金が底をついたのだ。らもには、外で飲んで、人におごれないことほどつらいことはない。もちろん、二年もラリリ生活を続けていたんじゃダメになると思ったのだろう。一九八二年一月五日、らもはコピーライター養成講座の講師をしていた大阪電通の藤島克彦《ふじしまかつひこ》さんの紹介で、大阪の西区江戸堀にあった広告代理店・日広エージェンシーに勤めはじめた。

失業中、らもは藤島さんの弟子となり、かつおだしのCMなどを作る手伝いをしたり、東京へお付きでついていったりして、ときどきお小遣いをもらっていた。藤島さんは、「♪やめられない、とまらない♪」というカルビーのCMを作ったおちゃめで磊落《らいらく》なクリエーターで、らもをとても買ってくれていたが、八五年の日航機事故で亡くなった。あの晩、私たちはテレビの前で墜落した飛行機に乗っていた乗客の名前が流れるのをずっと眺めていた。

日広エージェンシーの宮前社長は藤島さんの関西学院大の先輩で、藤島さんは自分が教えた生徒の中に面白いヤツがいると、らもを紹介してくれたのだ。

「社長はヤクザみたいなおっさんやで。ええか」

藤島さんから脅されたらもは、きちんとスーツを着込み、頭はリーゼントにキメて面接に出かけていった。元関学のボクシング部だった宮前社長は、らもは学歴があるので、毎晩飲みに行くのに、カバン持ちをさせたらカッコいいと思い採用したそうだ。

日広エージェンシーの社員は社長と経理の女性の二人だけで、らもを入れて三人の会社だった。しかも入社してすぐ経営が危うくなってしまったそうで、宮前社長のアシスタントをしていたらもは、とくにすることもなく毎晩飲みに連れだされていた。仕事がないのを申し訳なく思ったのだろう。らもはなんとか会社の役に立ちたいと、入社一カ月後、宮前社長から借りてきた自動餅つき器の「もちっこ」を家に持ち帰り、叫んだ。

「肉餅作る。肉餅作って、北新地の屋台でホステスに売るぞ。大ヒットして大儲《おおもう》けできる！」

らもは興奮状態で、二個三百円で売ると値段まで決めていて、そのとき遊びに来ていたボンや、コピーライターの先輩である西久保さんたちにも言いふらしていた。

翌日、らもに言われて、私は肉餅を作った。「もちっこ」で作ったお餅で餃子《ギョーザ》の中身をくるんで焼くのだが、これがものすごく美味《おい》しかった。ボンや西久保さんも子供たちも、「美味しい、美味しい」と食べたが、大量に作ってあまってしまった上、後片づけが大変で、私としてはつらいものがあった。

あんなに盛り上がったのに、数日するとらもはピタッと肉餅の「に」の字も言わなくなった。今、思えば、あのときのらもは、躁《そう》状態だったのだ。

躁になると、らもは、いつものらもと一変する。元気になって、威張るというか、自信満々になり、気前がよくなり、愛想がよくなる。カッコよくなる。活動的になり、眠らず、出かけまわって、いつもしない買い物をしたり、なんだか楽しそうで気持ちよさそうで、普段にも増して酒を飲み、どんどんアイデアがあふれだし、笑いまくる。短気になって、怒鳴るのは困りものだけれど、ちょっと可愛《かわい》らしくなるのだ。

それから四カ月後、らもは鬱病を発症した。

「大津屋」に勤めたときもそうだったが、らもは、やるとなれば仕事でも勉強でも、とことん頑張るタイプなのだ。日広エージェンシーに就職してからも、「こんな仕事はしょうもないことだ」なんて言いながらも、とても頑張っていた。でも、いかんせん仕事がない。ろくに仕事もしないのに給料をもらっていることが根は律儀ならもには耐え難く、時間をなんとかつぶさなければならないことも過度のストレスになっていた。

思えば、らもには昔から躁鬱の兆候はあった。つきあっていたときも、珍しく饒舌《じょうぜつ》に話しだしたかと思うと、翌日になるとむっつりと黙り込む。結婚式のとき、異常なほどはしゃいでぴょんぴょん飛び跳ねていたかと思えば、数日後には一言もしゃべらなくなる。「大津屋」で働いていたときも、会社で頑張りすぎた反動のように、家では起き上がれなくなることがよくあった。

そのときも突然しゃべらなくなったかと思うと、一人で何やらぶつぶつ言いだした。どうしたの。どこか悪いのかな。心配していたら、らもが自分から宣言した。

「自分は鬱病だと思う。鬱病で一番してはいけないことは励ますことだから、励まさんといて」

私は、らもの言うとおりにした。

らもは、自分で病院に行き、抗鬱剤のリタリンを処方してもらい、一週間もしないうちに元気になった。それからはまた一所懸命働きだした。けれど、元気になってからもリタリンは手放さず、私はオートバイでよく医者までもらいに行った。

らもは、コピーライター養成講座の知り合いのつてを頼り、医師の妻たちを対象にした会の講演録を聴き取り、本にまとめる仕事をとってきた。プレゼンテーションで大はったりを言ったそうだが、その仕事を創や仲間たちに回していた。私もテープ起こしの仕事を手伝い、お小遣いをもらった。らもは、よくそうやって仲間の仕事を探してきた。

会社では相変わらずこれといった仕事はなく、あまりにもひまなので、らもは自分で広告の仕事を取りに出かけた。出かけた先は、灘校時代の同級生だった村上健さんが副社長をしているかねてつ食品（現・カネテツデリカフーズ）。思い出話をしているうちに、なんか面白いことをしようという話になり、らもは雑誌の『宝島』に広告を出すことを提案した。こうしてでき上がったのが『宝島』の「啓蒙《けいもう》かまぼこ新聞」だった。関西では「♪てっちゃん、てっちゃん、かねてっちゃん♪」のCMでお馴染《なじ》みのキャラクター・てっちゃんに黒いサングラスをかけさせ、てっちゃんパパを登場させて、あとは全部らもの原稿や投稿で埋めるという手作りの二ページの広告だった。

このとき、らもは、「らもん」から「らも」になった。らものほうが書きやすくて、読者から便りも多くなるだろうという計算ずくの動機からだったが、一見広告に見えないアナーキーな「啓蒙かまぼこ新聞」が中島らもの出世作となった。取材がポツポツとくるようになり、関西の老舗の情報誌『プレイガイドジャーナル』で、やっぱりてっちゃんをキャラクターにした広告「微笑《びしょう》家族」がはじまった。らもはコピーライターとしての仕事をどんどん広げていき、TCC（東京コピーライターズクラブ）準新人賞、OCC（大阪コピーライターズクラブ）賞、そして神戸新聞の広告賞を受賞する。

今は映画監督になっている、当時、よみうりテレビのディレクターだった中野裕之《なかのひろゆき》さんから一緒にテレビをやらないかという誘いがあり、『どんぶり5656《ごろごろ》』という深夜番組でコントを書き、ついでに出演もするようになった。『どんぶり5656』は、竹中直人やシティボーイズがレギュラーで、西川のりおが顔中に十円玉をくっつけたり、「夜はまっすぐーッ」と走っていったり、わけがわからなかったが、とても面白いシュールな番組だった。

それから、八四年には朝日新聞の大阪版で「明るい悩み相談室」がはじまった。これはすぐに全国版に載るようになり、らものもとにはエッセイの注文が相次ぎ、FM大阪で『月光通信』という自分の番組を持ち、よみうりテレビのディレクターの逵敦史《つじあつし》さんと『なげやり倶楽部《クラブ》』をはじめた。この『なげやり倶楽部』の一回目には、デビューしたばかりのダウンタウンが出演したが、「こんなことやってられるか」と二回目から出なかったというエピソードもある。そのうち、なんと教育委員会から講演依頼まで来るようになった。仕事がどんどん増えていくのはありがたいことだが、傍《はた》で見ていてキツそうだなと感じたこともある。とくに広告の締切り前などは、大変そうだった。

でも、らも自身は、喜んでいた。八四年の「新年の所感」には、こうある。

「真実一路。いわれた仕事をみな受ける。女なんてみんなバカヤロだ。やってやるぞ!!」

対する私の「新年の所感」は、

「毎日たのしく、アハハハ……。明るい女っていいなぁ！＝ワシのことじゃ。男に負けてたまるかッテンダ！」

八月八日の日記には、私の字で記されている。

「らも、早朝より『仕事がスキッ』と言いつつ六本書く」

日広エージェンシーに入社してから、経済的には安定してきた。最初の頃から月に二十万円ぐらい稼いでいたし、その後、収入はどんどん増えていった。とはいっても、まだ居候はいたし、らもが連れ帰る人も多く、子供の教育費もかかるようになり、貯金するような余裕はなかった。しかも、らもは飲みに行ったら、基本的に自分でだしたいタイプなので、お金が貯《た》まることはなかった。

八三年には『バンド・オブ・ザ・ナイト』状態はほぼフェイドアウトし、らもが家に連れてくる顔ぶれも少しずつ変わってきた。広告関係の人や『プレイガイドジャーナル』の編集者や、ひさうちみちおさん、景山民夫さんという有名人が我が家に泊まるようになった。テレビに出ている景山さんが泊まっていたときは、晶穂がものすごくびっくりしていた。

少しずつ、らもが帰ってこない日が増えた。仕事の帰りに飲みに行ったり、徹夜仕事で帰れない日が続くと、私がオートバイで着替えを会社まで届けに行って、近くで食事デートすることもあった。らもは、「帰る」とか「帰らない」とか電話をいれる人ではない。何の音沙汰もなく一週間帰ってこなかったときは、さすがにちょっと心配になり、会社にハガキを出した。

「前略、お元気でおすごしですか？」

これがウケて、らもはエッセイのネタにしていた。

その頃から、馴染みになったバー「ＤＯ」に入り浸るようになっていたので、ある夜、大阪の堂山町《どうやまちょう》までオートバイを飛ばして迎えに行ったこともある。「ＤＯ」のマスターのヒコちゃんも、一緒に飲んでいた友達も、光を背にドアを開けた黒革のライダースーツを着た私を見て、ちっちゃなターミネーターが突然現われたと驚いたそうだ。私は、らもの耳をひっぱってオートバイの後ろに乗せて、雲雀丘まで引き返した——ということにらものエッセイではなっているが、もちろん、そんなことはしない。ただ、私は寿司《すし》を食べて帰っただけだ。あとでらももタクシーで帰ってきた。

そのうち、らもは社長に頼んで、築地《つきじ》近くの月島に仕事場を借りてもらった。東京の出版社や広告代理店との仕事が多くなったからだ。月の半分は東京で仕事をするようになり、その間、家には何の音沙汰もない。その頃のらもが東京で何をしていたのかは、私はよく知らない。らもが留守がちになると、私はまたもグレかかった。幼稚園や小学校の父母会に行ったり、それなりにすることはあったが、毎日あるわけじゃない。聖心時代の友達に誘われるままノエビア・レディやアムウェイの講習会にも参加したけれど、商売にしたいなんて思わないから、熱は入らない。現に一つも売ったことはない。

らもがいなければ、家に来る人もだんだん少なくなってきた。らもが勝手に連れてくる、わけのわからない人たちが、潮が引くように来なくなるのは、やっぱり淋《さび》しかった。小さな頃から大勢の人に囲まれて育ってきた私には、家に人がいることが当たり前だった。でも、何より淋しかったのは、らもとなかなか向き合えないことだった。

子供が眠ったあとは、毎晩、オートバイで遠出をするようになり、夜通し走り続けて、一年間に二万キロ走ったこともある。でも、どんなに淋しくても、恋愛時代の濃密な時間があったから、私たちを繋《つな》ぐ絆《きずな》は切れないと思っていた。

この頃かな、らもが私に言った。

「大切なことは二人は一人、一人は一人。僕ら、恋人から、結婚して夫婦になって、二人とも変わってきた。ミーは妻から母親になる。僕は夫から父親になる。これからも、上手に変わっていけたらいいね」

そうなんだと、私は自分を納得させた。

三十二歳の誕生日の日、誰もいなくて、私は自分のためにミニカーネーションを五株買ってきて、わびしい思いで庭に植えた。でも、その夜、らもはちゃんと帰ってきて、大工仕事が好きな私のために籐《とう》の板をプレゼントしてくれたのだ。翌年の誕生日にも、らもは手料理を作って、私を喜ばせてくれた。


マスコミに注目されるようになると、らもはモテモテになった。

あるとき、らもは宣言した。

「これから、お互い、セックスは外でやろう」

「うん、いいよ。そうしよ」

その頃は糸井重里《いといしげさと》さんや仲畑貴志《なかはたたかし》さんが脚光を浴びていた時代で、コピーライターが最高にカッコいい職業だった。しかも、関西には糸井さんや仲畑さんのようなスター・コピーライターなんていなかった。そこへ、「啓蒙かまぼこ新聞」で、らもが脚光を浴び、鬼才なんて呼ばれてマルチに活躍するようになった。らもは、コピーライター志望者やサブカルチャー好きの女の子の憧れの的になった。

ある夜突然、グルーピーと称する若い女の子たちを家に連れて帰ってきたことがある。いろんな女の人から電話がかかってきた。でも、そんなことはどうってことはなかった。困ったのは、やっかいな女につかまったことだ。らもが「ＤＯ」で飲んでいるとき、「中島らもさんですよね。すごいファンなんですぅ」と言って近づいてきた女性がいたという。彼女は自分で事務所を構えているフリーのコピーライターで、小柄だったので、らもの仲間からは、豆社長というあだ名で呼ばれていた。最初は一ファンだったはずなのに、いつの間にやら、らもはその豆社長とつきあうようになっていた。

豆社長の事務所兼自宅は、大阪の天満《てんま》近くにあったので、深夜まで飲み歩いているらもには格好の泊まり場所だったのだと思う。仲間を引き連れて、彼女の家に連泊するようになった。やがて、豆社長は、酔っぱらってしょっちゅう私に電話をしてくるようになった。

「今、らもさんに抱っこしてもらいながら歩いてるんだけど」

ないの？」

「らもさん、なかなか起きてくれないの」

そんなもんないわいッ。

豆社長は、らもが自分のものだということを、しきりに私にアピールするのだ。私は何もしゃべらなかった。ただ、「ふんふん」と相槌《あいづち》をうちながら聞いていた。怒るのすらばかばかしかった。ダメだな、らも、カッコ悪すぎる……。本気で恋をしているとは思わなかったけれど、どうしてこんなブリッ子な女とつきあっているんだろう。

らもと豆社長の様子を見て、西久保さんや他の人たちが、私を慰めてくれた。

「豆社長の家には、らもさんだけが行っているわけじゃないから大丈夫。みんなで行っているから、心配しなくていいですよ」

それを聞いて逆に、わざわざそんなことを言ってくれるのだから、これはよっぽどあかんたれな状態になっているのだと思った。その頃のらもは、アルコールと睡眠薬でバカになってしまっていて、豆社長の言いなりだったのかもしれないけど。

ある日、豆社長から呼び出され、彼女の家へ行ったことがある。豆社長の横で、らもはダンナ面して、煙草《タバコ》を吸っていた。なぜ、らもは私を呼び出すことを豆社長に許したのだろうか。

らもは人を思いのままに動かす不思議な才能を持っていた。たくさんの人が集まっているとき、ふと、こいつとこいつを争わせてみようと思い、それを強く念じながら二人に話しかけていくと、たいがい論争になってしまうと言っていた。聞いたときは、根クラというか悪いヤツだなぁと思ったものだが、このときも、らもはそんなふうに私と豆社長を争わせたかったのだろうか。

ふにゃふにゃになっているらもを見て、一瞬ものすごく腹が立った。このボケが！　だけど、その頃のらもは、もう、みんなのものだった。これもファンの集いと思えばどうってことはない。私は、商売、商売と思って気を鎮め、ニコニコヘラヘラして、何も感じていないふりをした。

コピーライターとして認められ、エッセイを月に何十本もこなす売れっ子になっていた八六年の二月、らもははじめての単行本『頭の中がカユいんだ』を出版する。三月にミナミのオカマ・パブ「ベティのマヨネーズ」で開かれた出版パーティーには大勢の人が来てくれて、らもはもみくちゃになっていた。

当初、私には急速に環境が変わったらもが心もとなげに見えた。あれ、ちょっとおかしいのではないか？　と心配することもあった。らもは、ほんとうはこんな形で人気が出ることを喜んではいないんじゃないか。でも、『頭の中がカユいんだ』を書き上げたらもは、心底嬉《うれ》しそうだった。仕事で刺激的な人に会うと、興奮して、その人たちがどんなに面白いかを私に話して聞かせるのだ。そんならもを見ていると、彼がほんとうに仕事が広がっているのを喜んでいるのがわかった。

元来真面目な優等生タイプのらもは、試験となれば自然と頑張って勉強してしまうように、嵐のように舞い込んでくる仕事にも全力で立ち向かっていったのだ。一所懸命になれることができて、ほんとによかった。虚無の塊のようだった高校生のらもを知っている私は、母親のようにそう思った。

らものお母さんも、息子が有名になっていくことを喜んでいたと思う。あまり感情を表面には出さない人だったのに、そのときは嬉しいそぶりを見せたから。

らものはじめての本ができたというのに、中島家では一冊しか本を買わなかった。それから後も、ずっとそうだった。一冊買ってまずお父さんが読み、次にお兄さんが読み、最後にお母さんが読む。つまり一冊をみんなで回し読みしているのだ。

「まだお父さんが読んでないから、私は読めないのよ」

お母さんはよくそう言っていたけど、ならばもう二、三冊買えばいいのに。そのへんはいかにもお母さんらしいと、おかしかった。

『頭の中がカユいんだ』が出版された年、東京からふっこが戻ってきた。東京でデザイン会社に勤めながら芝居をしていたが、同棲《どうせい》していた男の子にフラれたという。らもは、知り合いの広告制作プロダクションにふっこの働き口をみつけてあげた。

「最初にふっこと出会ったときは恋に狂っていたけど、今は友達として接することができるようになった。好きな人でも、友達になれる。ミーが、言ってたことはほんとだね」

このとき、らもはふっこのことを、そんなふうに私に話していた。

らもと恋人時代に、私は、元カレのサワ君とときたま会うことがあった。私とサワ君は、ほんとにいい友達だった。

「サワ君とは、しばらくしてから会ったら友達に見えたよ」

らもは、なんだか信じられない顔をして、あんまり嬉しそうじゃなかった。

「ええ、そんなことあるの？」

そのらもが、ふっことはいい友達になれたと、私に報告した。私が久しぶりに会ったふっこは、少年っぽさはもうなくなって、だいぶ女らしくなっていたが、相変わらず元気でチャキチャキの下町っ子だった。

このとき、まだらもは豆社長とつきあっていて、ふっこと三人でよく「DO」や行きつけの飲み屋で飲んでいた。豆社長とらもがキスしまくっていたとか、ふっこが「おっちゃん、アホかッ。なに言うてんねんッ」とらものほっぺたを思い切り張っているとか。いろんな情報が私の耳に入ってきたが、二人に遊んでもらっているな、それも仕事だからと思っていた。

不思議なことに、豆社長とふっこは、同じようなことで私に電話をかけてきた。

「らもさんを心配させてはダメですよ」

「おっちゃんを、心配させたらあかんよ」

私がフラッとオートバイでいなくなることを、らもはよくネタのようにガールフレンドたちに話していたようだ。

はい、はい。らもは、大人なんだよ。はい、はい。


その年の六月、らもは芝居がしたいというふっこと共に、「笑殺軍団リリパット・アーミー」を旗揚げすることになった。

らもは、「昔、自分が追いかけたせいで東京に行かせてしまった。詫《わ》びの気持ちがあるので、ふっこのやりたいことをやらせてあげたい」と、私には説明していた。リリパット・アーミーとは、笑いと、小さな女性が好きならもらしい命名だ。らもは、深刻な芝居が大嫌いだった。

私も小道具作りに駆り出され、はりきって手伝った。六月二十三日と二十四日、大阪の小劇団のメッカ「扇町《おうぎまち》ミュージアムスクエア」でリリパット・アーミーの第一回目の公演『X線の午後』が上演された。二日間で九百名の集客は、「扇町ミュージアムスクエア」の記録を塗り替える数だった。私は、晶穂と早苗を連れて観《み》に行き、場内整理を手伝った。

でも、芝居に関していえば、私にはあまりいい思い出はない。最初の芝居の準備をしているときから、らもは私をよく怒鳴りつけた。理由は、ほんとに、よくわからない。最初は、忙しさとプレッシャーからくる苛立《いらだ》ちを私にぶつけているように見えた。

「全部、ミーが悪いのだ！」

ちょっとしたトラブルが起こると、突然、怒鳴りだすのだ。みんながいる前でも。言っていることはもうめちゃくちゃで、次第に周りも妙な雰囲気になってくる。私はプイッと家を出て、子供の学校の父母の家に泊めてもらい一晩過ごしたこともある。らもはとても心配したようだけれど、ヘラヘラしていてもみんなの前で怒られ役になることはとてもつらかった。

二度目のリリパット・アーミー公演『フレームレスTV』の前も、らもは暴れた。

「ミーの、バカタレ！」

私だけではなくて、子供たちにもひどいことを言った。

「お前ら、オレがいなかったら生きていけないくせに」

私は、思い余って、らものお母さんに相談した。

「らもが怖い」

お母さんは、教えてくれた。

「帰ってきたらお腹空《なかす》いてるから、黙ってご飯出すの。そうしたら機嫌ようなって自分から話しだすわ。そうしたら黙って話を聞いてたらいいの」

えっ？　と思ったが、そうやると、なるほど大丈夫だった。お母さんは、ご飯でらもを手なずけていたのか。それでも、気が弱いところのある私は、叱られてばかりいるから、らもに対してだんだん萎縮するようになっていった。少しでもらもが暗くなると、また私が何か悪いことしたんじゃないかとビクビクして、何も言えなくなってしまうのだ。

『フレームレスTV』の上演の前、らもが事務所にカンヅメになっているとき、私はオートバイの後ろに晶穂を乗せて、JR川西駅前で事故を起こした。信号が青になったので発車したのだが、横を走っている車が左折しようとしてぶつかってきた。五年生になっていた晶穂は頭を打ったけれど、幸い大したことはなかった。私は右脚のひざ下の骨を折る重傷だった。母が病院に駆けつけ、すぐらもに連絡しようとした。けれど、私は、芝居の脚本が追い込みにかかっている大事なときに、余計なことを知らせたら動揺すると思い、母に頼んだ。

「電話はあとにして」

らもは、翌日、やってきた。私は、芝居が忙しいから来なくていいと言った。らもには二週間会わなかった。それから数年後、また、私はオートバイに乗ってケガをしたが、らもは一カ月の入院中毎日来てくれた。

ただ、芝居をするたびに、らもは暴れるようになった。三本目だったか、四本目だったか。

「ふっこは芝居ができるから、ふっこに任せておけ。ミーは、芝居のこと知らんやろ」

らもは、とても、ふっこに気をつかっていた。らもの手伝いに関しては、私のほうが彼のやり方を知っているし、道具を作るのも手慣れたものだった。何しろ、建て増しした子供部屋のロフトや早苗の机は全部、私の手作りだったのだから。そんな私が、劇団でたった一人の芝居の経験者であると自負しているふっこには、目障りだったのか。私が咳止《せきど》めシロップを飲んだりするので、それが劇団のメンバーに悪影響を及ぼすとふっこが嫌がっていたことは、あとで知った。

私のためにふっこが気をつかい、やりたいことができないのは可哀想《かわいそう》だと思い、私は手伝いをやめることにした。らもに手伝いに来るなと言われて傷ついたかどうかは、もうよく覚えていない。ただ、それ以降、早苗が学校で頭を打って入院したときも、心配をかけてはいけないと、らもには知らせなかった。ちょうど芝居で東京に行っていたからだ。

「家のことは全部任せる。僕は知らん」

らもは、そう言うようになっていた。

八七年の春、ひさうちみちおさんなどの劇団のメンバーや、仕事関係者、友人、知人を集めて船に乗って保津川《ほづがわ》下りをすることになった。音頭をとったのはふっこで、私と晶穂、早苗も誘われて一緒に行くことになった。場の中心はらもだけれど、ふっこが、どでーんとらもの隣に座っていて、みんなを仕切っていた。私は誘ってもらって嬉しかった。家族で出かけたのは四年ぶりだったからだ。

まもなく、らもは約五年勤めた日広エージェンシーから独立して、七月に「中島らも事務所」を設立し、大阪の北浜に事務所を借りることになった。古いが、そのレトロ感がちょっとお洒落《しゃれ》なビルだった。

らもは、当初、この事務所を自分の仲間たちの集いの場というか、みんなに仕事を回せるような場所にしたいと考えていた。ふっこが勤務先のプロダクションをやめて、らものマネージャーになった。私も、最初のうちはあれこれ手伝いに行っていたので、しばらくは、らもと私とふっこの三人が事務所で顔を合わせることもよくあった。でも、ふっこには、私の存在が嬉しくなかったんだろう。何しろ私はいつもヘラヘラしているし、テキトーだし、いい加減だし。だから、つい、事務所のことでも、「いいじゃん、それで」なんて言ってしまう。

そのたびに、ふっこは、キッとなって怒鳴る。

「ミーさんは、不真面目や！」

まあ、私はダレて、すぐに一服してしまうからなぁ。チャキチャキシャキシャキのふっこは、苛立つのだ。ときには、夫婦して、ふっこにお説教された。

「世の中というの、そんなもんやない。二人とも、甘い！　あんたら、世間知らずや」

ふっこが仕事がやりにくそうだと気づいたのか、ふっこに言われたのか、らもは、ある日、私に言い渡した。

「会社のことはふっこに任しておいて、ミーはなんも言わんといてくれる？　仕事は僕の聖域だから」

いつも怒られて、自分のダメぶりはよくわかっていた。自信喪失している私は、せっかくはじめた神聖な仕事が、私のことでダメになるのは嫌だったので、らもの言うとおりにすることにした。それに私がいるとふっこがやりにくいのは、よくわかる。マネージャーとして頑張りたいだろうし、ふっこに任せればいいと思った。

私は言われるままに引き下がり、ふっこが中島らも事務所のマネージャーとして会社のことも、らものことも全面的に仕切るようになった。

豆社長は姿を消した。なんでもお母さんが倒れたので、田舎に帰ったという話だが、よくわからない。

私が事務所に行かなくなると、ふっこは、頻繁に家に電話をかけてきた。

「ミーさん、お金ありますか」

「ない」と私が言えば、経理を預かるふっこが、さっとお金を振り込んでくれるのだ。

「ミーさん、男なんてあかんもんよ。普通、世間の男は、充分稼ぐこともできへんねんからね」

　ふっこは、世間、世間とよく言った。

「えっ、私の周りの男はちゃんと稼いでるよ。友達のダンナも稼いでるよ」と言っても、ふっこには自分のいた世界が世間なんだから、聞きはしない。ふっこの電話は、いつも長かった。

「ミーさんて、やりたいことないんですか」

　なんて言ってくるときもあり、それにはさすがにムッとした。

　自分の名前で世の中に出ていくことだけが、やりたいことなのか。ワシは名誉も金もいらんわいッ。こうして私はらもと暮らして、子供たちを育てる。これがやりたいことなんじゃ。

　前向きで野心家のふっこには、何もせずにブラブラしている私は、頭がおかしい、不思議な、理解できない人間なんだろう。

「やりたいこともうやってるよー。らもと結婚したよ」

「ヘッ⁉」

彼女には、私の言ってることが全然わからなかったようだ。ふっこは受話器を下ろそうとはせず、とりとめのない話を延々として、私はほとんど相槌を打っているだけのようなもの。なのに、なぜか、いつも私がらもに怒られた。

「仕事の電話が繋がらないやないか」

かけてくるのはふっこだし、電話を切らせてくれないのもふっこだと説明しても、らもは取り合ってくれなかった。まったくもってややこしい。そうか、またはじまったんだな。

でも、私はふっこを悪く思えなかったし、嫌いにもなれなかった。その前に、あの豆社長がいたからだ。豆社長にはまったくもってうんざりさせられていた。その点、ふっこは、「ミーさん、大好き」と言ってくれた十代で出会った頃の清潔なイメージがまだ残っていたし、とても頑張り屋だった。豆社長に比べればふっこのほうが数段立派だという気がした。頑張ってもらおう。私は安心していた。

第七章　二人は一人、一人は一人

らもがアルコール性肝炎になり、入院する騒ぎが起きたのは、中島らも事務所を設立した年の十一月だった。

その頃、らもはホテルで上演するミステリー劇を書いていたのだが、トリックがどうしても書けなくて、なんとか書こうとお酒の力を借りて、連続飲酒状態になってしまっていた。ようやくのことで芝居を書き上げたときには、目が黄色くなって、血尿が出た。

私は目がまっ黄色になったらもを見ても、それほど慌てなかった。らもは「酒飲んでるから、俺は早く死ぬからな」と言いながら、これまでずっと来たのだ。失業時代、おしっこが茶色になったといって医者に走り、一日、二日、飲まなかったが、またすぐに飲みだした。お酒を飲まなかったのは、早苗がケガをしたときだけだった。

今回は、さすがに気になったのか、らもが病院に行くというので私もついていった。まだ建て直す前の古い池田市民病院だったが、診察の結果、肝硬変の一歩手前で、即入院ということになってしまった。

らもは、このとき、自分は死ぬだろうと覚悟していた、とエッセイに書いている。だが、私は、らもが死ぬわけないと思っていた。自分がオートバイで事故を起こし大ケガしたときも、死ぬことはないきっと大丈夫、と平気だった人間なので、らもの目が黄色くなって血尿が出ても、酒をやめれば治るだろうと、楽観的だった。

入院している間、ふっこが午前中、私は午後にと、らもによって見舞いの時間がきっちり分けられていた。らもが病室で私たちを会わせないようにしていたためだ。私は別にふっこと顔を合わせるのは抵抗なかったのに、らもが嫌がった。ふっこは私に会うと、ああだこうだと、おしゃべりが止まらなくなる。らもはそれが聞きたくなかったようだ。

そんなにうるさいなら来させなきゃいいだろうと思うのだが、らもには仕事があるから、入院中でも原稿を書かなければいけなかった。ふっこは、とても甲斐甲斐《かいがい》しく、らものお世話をしてくれていたようだ。

肝臓の数値が正常に戻ったらもは、五十日入院した池田市民病院を退院した。ふっこは、退院したらもを自分のアパートに閉じ込め、家に帰さなくなった。帰せば、私が酒を飲ませてしまうというのが理由だった。

「家にあるお酒は全部捨ててください。おっちゃんが見ている前で、台所で流して捨ててください」

「私は、そんなこと、しないよ」

私が言うとおりにしないと、ふっこはひどく怒った。

「ミーさんに任しといたら、おっちゃんが死んでしまう」

ふっこはそう言うが、らもが人にかまわれたり、行動を制限されたりするのが何より嫌いな人間だということを、私は知っている。私自身が、やりたいことは誰が何と言って止めようともやってしまう人間だった。ある意味、らもと私は双子のようにて似ていた。らもは別に死ぬつもりで酒を飲んでいるわけではない。病気になったらまた入院すればいい。子供じゃないのだから。

しかし、ふっこにはそんな私が許せなかったようだ。ふっこは、周囲の人たちによく言っていたという。

「おっちゃんは家に帰ると酒を飲むから帰したくない」

「ミーさんはだらしないから、おっちゃんが可哀想《かわいそう》や」

もちろん、ふっこが心底、らもの身体《からだ》を心配していたのは間違いない。私は、らもがふっこに囲われている状態を見ても、らもは、簡単に独占したり、支配したりできないのに、と結構、醒《さ》めて見ていた。

人は人を独り占めすることなんてできないよ。

ふっこに対してどこか同情の気持ちがあった。彼女が十九歳のときに、らもがうっかりちょっかいを出して、いい加減なことして、それで悩んだ末にふっこは、身を引いて東京に行ってしまった。順番というのは残酷で、私が先に、らもと出会って、結婚して、子供を産んだ。ふっこがどんなにらもを想《おも》っても、らもと結婚したいと願っても、私がいる限り妻の座にはつけない。叶《かな》わぬ想いを抱えているふっこが気の毒だった。

それでも、周りの友人、知人たちはみんな、とても心配してくれた。私が訊《き》きもしないのに、わざわざ教えてくれる。

「ミーさん、ふっこのことは大丈夫だから」

そんなことを言われると、またも、あぁ、これは相当まずいことになってるんだろうなぁと私はわかってしまうのだ。らも自身は、ふっことのことについては何も言わなかった。言えなかったのかもしれないが、あくまで仕事上のパートナーだと、私には伝えていた。もちろん、私に離婚話を切り出したこともない。

らもは仕事のときの自分と、自宅に戻ったときの自分を分けていたような気がする。芝居をしていないときのらもは、暴れることもなく、私が出会った頃のように優しい落ち着いたらもだった。自分の家に帰ってゆったりとくつろいで、嬉《うれ》しそうに本を読んだり、食事をする。そうしながら、ときどき、

「ちょっとだけミーに悪いな」

なんて言うこともあった。だから自分だけが、外で遊んでいて私に悪いという気持ちもあったようだ。

私とらもは夫婦だし、家族だ。でも、らもにはらもの世界があり、私には私の世界がある。二人は一人だけれど、一人は一人だからね。らもは私ではないし、私もらもではない。

この頃から、私は日記をつけることをしなくなった。ラリリ状態の中でもずっと日記をつけていたのは、それを読み、面白がってくれる人がいたからだ。でも、らもが私の日記に、「フツカヨイ。晶穂に『飲みすぎてフツカヨイや』というと、『と

りこや。酒のとりこや』といわれた。夜またのむ」なんて記入することはもうなくなっていた。

私は身体を動かした。リビングの絨毯《じゅうたん》をデッキブラシでガーッと洗ったり、家の中の汚れた部分をペンキで塗ったり。父親がいない分、子供たちと映画を観《み》に行ったりして遊ばなければいけないし、動物も増えた。その世話も大変なのだ。三十代半ばからイヌ、ネコ、ウサギ、リス、ハムスター、チンチラネズミ、陸亀、スッポン、キングスネークとミルクスネーク、サソリ……とても書ききれないほどたくさんの動物を飼うようになっていた。専用の温室を用意してサボテンも育てはじめた。

夜になると、オートバイを飛ばした。何人か男友達はいたし、山で遊ぶのが楽しかった。山へ行くと、捻挫して、次の日歩けなくなったりして、掃除に苦労するようなことがよくあった。

そうして、私はらもが帰ってこないことに慣れていった。

らもは、四十歳になる前にコピーライターの看板を下ろし、小説を書きはじめた。私たちが出会った頃、小説を書きたいと言っていたのは私だ。でも、私はらもや鈴木創士を知ってからは、そんな野心は捨てた。彼らの書くものを読んで、これがほんものの才能だとうちのめされたからだ。

小説という新しい世界を探究し、作り上げていく作業は、らもを興奮させ、夢中にさせた。テーマを決めてから、それについて膨大な資料を読むのが、らものやり方だ。調べる過程にいろいろと感動があるようで、それをよく私に話してくれた。

「たかが売文や」

らもは自分の原稿を自虐的にそう呼び、気楽に書いているように見せてはいたけれど、それは彼一流のポーズ。実は一作一作にものすごく神経を注ぎ込んで仕上げていたと思う。

九二年に、らもは、アルコール依存症で入院した体験をもとに書いた小説『今夜、すべてのバーで』で吉川英治文学新人賞をもらった。その頃はもうほとんど家に帰ってこなかったので、その後ろめたさもあってか、私の前では浮かれるようなことはなかった。

同じ時期、一度私のところに男の子が遊びに来て、たまたま帰ってきたらもと鉢合わせになったことがある。らもは驚いたような怒ったような複雑な顔をして、訊いた。

「誰？」

「友達」

私はそのまま彼とオートバイに乗って出かけてしまった。

「お互い、セックスは外でやろう」と自分で言ったくせに、私が浮気をしているのがわかると、らもはとても機嫌が悪くなった。そのときは、オフロードバイクに乗っている二十二歳の男の子とつきあっていて、いつも大笑いして楽しかったのに、らもが怒ったという話をしたら、彼はニヤリと笑ってから納得したように去っていった。

「なーんや。奥さんが遊んでもいいなんて、おかしいと思ったら、らもさんも普通のダンナさんやってんな」

どうも、私たちは普通の夫婦関係とは違っていたようだ。らもも私も相手に「あしろ、こうしろ」と強制するようなことはしない。ただらもは、「やめて」と頼んでも、子供の前で平気で私にガミガミ言った。でも私の父は子供の前で妻を叱ったりすることがなかったから、私がらもに気持ちを吐き出すことはなかった。私は、夫婦はお互いが言いたいことを言い合いながら、関係を築いていくものだということを知らなかった。

ずいぶんあとになって、ほんとうは言えばよかったのかもしれないと思ったが、そのときはどう言ったらいいのか、わからなかった。お互いがお互いをとても必要としているのに、恋愛時代のように激しい感情をぶつけることはいつの間にかしなくなっていた。

らもが小説を書きだし注目されるようになった頃、子供は二人とも中学生になっていたので、私は学校の行事や何やらで結構忙しくしていた。実家に子供を連れていくことも多く、夏休みになれば両親に誘われて、子供と一緒に旅行に出かけた。

「こんなに実家に帰ってきたら、文句言うダンナさんもいるよ」

母は心配したが、らもが私に文句を言うことはもちろんなかった。何しろ、らも自身が帰ってこないのだから。

「中島らも」になって以来、らもはめったに家に帰ってこなかったから、その頃、子供たちもお父さんがいない状態には、すっかり慣れていた。

というか、子供たちはむしろ、らもが帰ってくるのを嫌がった。私が、グズグズ言ったり、キッとなったり、泣いたりするからだ。

何度も書くけれど、芝居がはじまると、らもは人が変わる。たとえば小道具を作っているとき。私が頼まれた小道具をしこしこ作ってると、それまでボーッとそれを見ていたらもが、突然、怒りだすのだ。頭の中で自分なりの作り方のシミュレーションをしていて、私が少しでもそれと違った作り方をすると、もう許せなくなってしまうらしい。罵詈雑言《ばりぞうごん》が雨霰《あめあられ》となって私の頭の上に飛んでくる。ときには、テーブルを叩《たた》きながら、わめく。

家で脚本を書いているとき、あまり何も食べないので、「これさえあればいい」というらもの大好物の湯豆腐を出して、怒鳴られたことがある。

「今、原稿書いてるのに、こんなの食べられるわけないだろ!」

いつもゆっくりすぎるほどゆっくり静かに話すらもが、いきなりキレるのだ。

あるとき、らもが、突然、命令したことがあった。

「いつでも食べられるように、きちんとご飯を炊いておけ」

いつ帰ってくるかわからないのに? でも、言われたとおりに炊いてらもの帰宅を待つと、今度は、文句をつける。

「ご飯が古い」

どうせえっちゅうねん。結局、何をしても気に入らないのだ。

大酒を飲んで、机の上のものを全部払い落とし、私の首を押さえ込んで、頭の上からドボドボとウィスキーを一本流したこともあった。私は、そういうときは何も言わない。怖くて、言えないのだ。何か言い返すと、らもは余計に興奮してしまう。だから、洗い物をすることにして、台所に立つことにしていた。洗い物が終わって戻ると、らもはスーッと平静に戻っている。

しかし、芝居のたびに嵐がやってくるのは、さすがにキツかった。何しろ向こうは言葉のプロだから、言い合いになったら必ず私が負けてしまう。らもが手をあげることはほとんどなかったけれど、言葉だけで完全に私を叩きのめすことができた。そんな様子を見せられる子供たちは、たまったもんじゃなかったと思う。その頃の子供たちには、お父さんはお母さんを泣かせるだけの存在だった。

晶穂も早苗も、お父さんとの思い出は少ないと思う。

子供が小学生になり、中学生になり、高校生になって、私のあかんたれ度は増すのだが、私には子供たちとの暮らしがあった。

吉川英治文学新人賞を受賞した後、らもはまた鬱病を発症した。

らもが鬱になったときは、いつも同じだ。不安なのか、暗い顔をして、眠ってばかりいて、人に会うのを嫌がる。どーんと沈んでいる。

その頃のらもは、自分の会社を作り、仕事が殺到して、さらに劇団を経営して、私とふっこの板挟みになっていて、とにかくたくさんのストレスがあったのだと思う。このときのことは、いろんな本にらも自身が書いている。芝居の脚本を書いているとき、自殺念慮が出たという。あやうくマンションから飛び降りそうになり、寸前のところで、偶然やってきたふっこに助けられたということになっている。

「病院に連れていってくれ」

ふっこによって病院へ運ばれたらもは、数日後、大阪市立総合医療センターに入院することになった。

私も病院へ行ったが、着替えを持っていったぐらいで、あんまり役に立つことはなかった。

病院の規則正しい生活で元気になったらもは、退院後、家には戻らず、またふっこの管理下に置かれた。普段から、らもの世話は大変なのに、病気になったら、それはなおさらだった。薬もいちいち差し出して飲ませないと、自分からは一切飲もうとはしない。薬ですらそんな具合だから、食事なんてとるわけがない。食べないものは仕方ないわ。私がほうっておくので、ふっこがものすごく怒る。

「ミーさんに任しておいたら、おっちゃんが死んでしまう」

また言われてしまった。死なないと思うけどなぁ。でも、ふっこがあれこれ世話を焼いてくれたおかげで、らもは食事をちゃんと食べて、薬も飲んでいたのだろう。この頃のらもがどんなふうに暮らし、どんなふうに仕事をしていたのか、私はよく知らない。会っても、あまりらもらしくなかったから、私はらものことをよく忘れていた。

私が、突然、起き上がれなくなったのは、らもが鬱病を再発し、入院・退院してしばらくたった頃だ。いつもは活動的であっちこっちと動き回っていたのに、ある日突然、何もしたくなくなったのだ。ご飯も作りたくない、周りで何も起こってほしくない、ただ寝ていたい。涙がどうしても止まらなくなった。

そんなとき、芝居が終わったらもが帰ってきた。とてもマズい気分だった。

「なんで起きてこないんだ？　せっかく芝居終わって帰ってきたんやないか」

「ごめん、しんどくて起きれない」

悪いけれど、ほうっておいてほしかった。しかし、いつもと様子が違うことを心配したらもが、すぐに私を精神科の病院へ連れていってくれた。はじめはらもが通っていた先生のところへ行ったのだが、夫婦で同じ医師に悩みを打ち明けるのはよくないと言われ、そこからさらにタクシーに乗って別の病院へ行った。

らもと私と晶穂の三人で診療を受けることになり、三時間ほどいろんな話をした。

医師はこう言った。

「依存性の軽い鬱です」

つまり、らもの調子がいいと私も元気でいられるが、らもの調子が悪くなると一緒に滅入《めい》ってしまう。鬱病の患者を持つ家族にはよくある病状らしく、私たちの場合は一種の共依存のようなものだった。寝ていてもかまわないから、とにかくのんびりすること。そして薬をちゃんと飲めば必ず治る。先生はそう言ったけど、私のストレスを作っている一番の原因である、らもの関心が、外に向いていることはもう変わらないわけだから、ある程度以上は治しようがないんだろうなと感じた。

診断結果を聞いたらもは、言った。

「病気だからしょうがない」

まあ、らもにもどうしようもないことだったろう。ただ、私が鬱になってから、しばらくの間はよく家に帰ってくるようになった。

「酒ついで」

「コップちょうだい」

動けない私にあれこれ用事を言いつけるらもに、少々腹を立てていた。動けないときに、わざわざ帰ってこなくてもええのに。私はらもが恨めしかった。でも、その後、どこかのエッセイに、「嫁さんが鬱になったので、僕は家で仕事をするようにした」と書いてあるのを読んで、らもは自分では、ミーの役に立っていると思っていたのがわかって、ちょっとおかしかった。

それから一年ほど、カウンセリングに通い薬を飲み、症状はかなり改善された。でも、思ったとおり完治することはなかった。私は、ずっといつまでも鬱々と悲しかった。

たくさんの動物を飼い、植物を育てることで心は癒されるはずだったのに、いつの間にか園芸飼育にも義務感みたいなものを感じるようになり、心が晴れることはなくなっていた。自分ではらもが家に帰ってこなくても、それは仕方ない、私は私でやることがあるから大丈夫と思っていたのだが、実は知らないうちに心には悲しみの澱《おり》がたまっていた。

私は孤独だった。

らもが浮気をすると、みんなが、らもを守る。でも、私がすると、みんなで私を責める。たまに、私の味方をしてくれる人もいるが、「やっぱりなぁ、ミーはなぁ」なんて言いはじめて、らもの味方につくのだ。

まだ独立していない頃だけれど、一度、らもとらもの友達の男たちに囲まれて、リンチのようになったことがある。らもに殴られたのはそれ一度きりだが、私がらもにボコボコにされて泣いていても、誰も止めなかった。悔しいなぁ。私の味方はいないの？

私が、快復に向かったのは、サワ君のおかげだった。東京に行っていたサワ君が、ある日、突然、家を訪ねてきてくれたのだった。二十年ぶりの再会に、私の心臓は嬉しくて止まった。

「どうしてる？　懐かしいから来てみたんや」

私の病気を聞いて、サワ君は、明るい声で励ましてくれた。

「ミーは、元気やってんから、絶対また元気になるよ」

ああ、正義の味方、サワ君。ありがとう。

同じ頃、高校時代のクラスメイトたちと会う機会があった。昔の友人たちと話していると、クラスの人気者だった自分を思い出し、少しずつ明るい気分になれた。

でも、このときの私の鬱が寛解《かんかい》したのは、結局は、らもの一言だった。

私は、何年も何年も、『バンド・オブ・ザ・ナイト』の時代に、らもから投げつけられた言葉を片時も忘れていなかった。

「なんて汚い女だ。生きてる資格がない！」

ある晩、泥酔して帰宅したらもに同じようなことを言われたことがあった。でも、翌朝、起きてきたらもは、明るい声で、

「おはよう」

昨夜《ゆうべ》は悪魔のようだったらもが、今朝は、天使のように優しい。

私は、思い切って訊いてみた。

「昨夜、私に、醜い心で生きていて恥ずかしくないのかと言ったのに、なんで、私に優しくするの？」

らもは、愕然《がくぜん》としていた。

「ええっ。そんなこと言ったの？　そんなこと、全然思ってないよ」

酒や薬で正体を失っていたらもは、自分が何を言ったのか、何をしたのかまったく覚えていなかった。

らもは、ずっと知らなかったのか。ただ、酔ってアホになって、私に何もかもの鬱憤をぶつけていただけだったのか。なんだ、私が嫌いなわけやなかったんだ。本

心じゃなかったんだ。

今にして思えば、私は我慢しすぎていた。もっと早くに「嫌だ」と言えばよかったのだ。何年間も苦しんで、時間の無駄だった。ワーイ、ワーイ。らもは、私を嫌ってはいなかったのだ。そのとき、私が、どんなに安心したことか。

しかし、鬱はそれからもときどきやってきて、いまだに私を苦しめている。

第八章　リリパット・アーミーとの決別

「儲《もう》からないと思っていたのに、どんどん注文が来て、断るのが大変」

中島らも事務所は順調で、笑いのとまらない会社だったと、あとになって、らもはそう言っていた。稼ぎのほとんどは劇団につぎ込まれた。

事務所を開いて七年目、ふっこ自身もエッセイを書きはじめて、劇団でも演出・脚本・女優の三役をこなす忙しさだったので、自分の友達の智《とも》ちゃんをらものマネージャーにした。智ちゃんはとてもいい子で、らももも、ものすごく気に入って大切にしていたのに、やがてふっこに追われるようにやめていった。

山内圭哉《やまうちたかや》が「リリパット・アーミーには座長が二人いて、僕は完全にらも派だった」といったようなことを、らもが亡くなってから、河出書房新社から出たムック本（文藝別冊『総特集　中島らも　さよなら、永遠の旅人』）のインタビューで語っているが、もうこの頃のふっこは、リリパット・アーミーの女帝だったようだ。

家には、ときどき、らものファンが突如、現われる。そして、「らもさんの奥さんのミーさんですね。エッセイで読んでます」と嬉《うれ》しそうに、私に握手なんか求めたりするのだ。そういうことがたび重なると浮かれてしまい、自分もついついえらい人のような錯覚を起こしてしまいそうになる。そのたびに、ダメだよ、気をつけなきゃ。えらいのはらもで、私じゃないんだよ、と自分を戒める。らものマネージャーだったふっこにも、そういう勘違いがあったんじゃないかな。社長のスケジュールと会計を握るんだから、ふっこの権力は絶大だ。しかも、らもに代わって芝居の演出もするようになっていた。私も、ふっこを通さなければ、らもと直接話すことができない時期が長かった。社長秘書に気をつかうように、周りの人はふっこに気をつかっていたと思う。

最初の頃はらもの給料の振込みひとつするにも、私のところに電話で確認してくれていたのに、いつの間にやら、若い子に指図するだけになっていた。

ふっこは引っ越し魔なので、事務所は何度も替わっている。古い北浜のビルから、谷町《たにまち》四丁目の大きな事務所に移り、やがて玉造《たまつくり》の駅前ビルの一室に入る。私が事務所に顔を出すのは、ふっこがいい顔をしないので、私は、いつも人伝《ひとづて》にそれを聞くだけだった。

ふっこは、らもとつきあいはじめてからは、きっと私のことを嫌いになってしまったと思うが、知り合った頃は私によくなついてくれていた。まぁ、嫌われても仕方ない。らもがお酒で身体《からだ》を壊しそうになっても、私は何もしなかったのだから。咳止《せきど》めシロップでアホになって、何の役にも立っていないように見えたのだろう。ふっこにとって、らもの奥さんという人は、しっかり酒の量を管理して、ご飯をきちんと作らなければいけなかったのだ。

私はいろんな人から事務所の様子を聞かされるたびに、そりゃ、みんなも大変だなと、ため息が出た。オーディションで劇団員を決めるのも、事務所に人を雇うのも、全部ふっこ。ふっこは、人を次々入れ替えた。経理を自分の友達に頼み、別の友達には、素人なのに舞台の衣裳《いしょう》デザインを頼んだりもしていた。何もかも、ふっこのやりたい放題だった。

やがて、ふっこは玉造にある実家を改装し、そこを中島らも事務所にした。一階が事務所で二階がふっこの母親の住居だった。らもは事務所の中に、仕事場と称したベッドつきの三畳ほどの部屋を与えられた。そこで生活しながら書けばいいと、ふっこがらもを説得したのだ。つまり、らもはふっこの実家に居候するような形になった。らもは、後に子猫のトラちゃんを飼いはじめるのだけれど、ふっこはらもの部屋のことを「トラちゃんのトイレ」と呼び、猫のエサ代として毎月一万円を徴収した。

周りからは、らもがふっこに支配されているように見えたらしい。

でも、私には、らもがふっこに支配されていたとは思えない。らもにとっては、表面的には誰の言いなりになろうが、どうでもよかったというのが本音だと思う。どこに住もうが、何を着せられようが、頭の中が自由ならそれでいいと思っていたはずだ。むしろ、頭の中で何かを考えているときに、あれこれ面倒なことを言われることのほうがやっかいなのだ。だから、「引っ越しでも何でも好きにしてくれ、自分に興味のない余計なことで、引っぱりまわさんといてくれ」ということだったと思う。

でも、ふっこを女帝にさせたのは、やっぱり、らもの責任だ。らもは当初、ふっこをとても信頼していたから、スケジュールもお金のことも、交渉事も面倒くさいことはすべてふっこに任せていた。ふっこも、一所懸命、らもや事務所や、劇団、そして自分のために頑張ったんだ。

らもは、相変わらず家には帰ってこなかった。旅行やら、年越しコンサートやら、劇団やバンドのいろんな行事で、大晦日《おおみそか》に帰らない年もあった。でも、年が明けると必ず家に戻ってきて、私の手作りのお節《せち》をつまんでいた。私はダメ主婦になってからも、お節だけは必ず自分で作るようにしていたからだ。それも、三段重のお節だぞ。

周りはいろいろと心配してくれていたけれど、もうこの頃の私は、らもの不在をどこかで達観するようなところがあった。私は、らもがいろんな人に囲まれて楽しそうにしているなら、それでもういいやと思うようになっていた。

たまに帰ってくると、らもは、若い劇団員の男の子たちのことを嬉しそうに話す。

「めちゃくちゃ、面白いヤツなんだ」

しばらくすると、その子についてブツクサ文句を言いだすのがらもの常だったけれど、彼を慕って集まってくれる人がいる。それは、私にも嬉しいことだった。それに、仕事をするためには、仕事の輪を作らなければならない、芝居にも芝居の輪がある。だから、そこで家族を作るのは当たり前だと思っていた。とくに芝居はそう。劇団というのは、ひとつの家族を作るようにしなければうまくまわしていけないものだと思う。らもがお父さんで、ふっこがお母さん。私生活と仕事のチームは別と考える人も多いと思うが、らもの場合は一緒になってしまうのだ。

しかも、らもはどんどん稼いで、お金をいっぱい家に持って帰ってくれた。足りないときは、言えば、いくらでもくれた。こんなに稼いでくるんだから、ダンナ&父親としての義務は果たしているし、とても立派じゃないか。文句は言えない。


阪神淡路大震災が起こったのは、らもがアルコール依存症と躁病《そうびょう》を併発して、大阪市立総合医療センターに再び入院していたときだ。

一九九五年一月十七日の朝五時過ぎ。大テーブルで本を読んでいた私は、いきなり、頭の上から後ろにある水槽の水をかぶった。天地がひっくり返るように揺れている。あわてて、テーブルにしがみついたが、何が起こったのか、わけがわからなかった。

長い揺れだったのか、短い揺れだったのか。揺れがおさまって、すぐに子供たちを見にいった。晶穂は二階の自分の部屋で炬燵《こたつ》に入ってゲームをしていたらしく、棚の上のもので埋まっていた。早苗は、なぜかこの夜は、一階の和室のらものベッドで眠っていて、ベッドの上には食器棚が倒れ込んでいた。急いで棚を持ち上げると、ガラスまみれの早苗が這《は》い出してきたので、どんなにホッとしたことか。

外に出てみると、近所の家のコンクリートの塀が崩れ落ち、一軒の家は潰れてしまっていた。晶穂が瓦礫《がれき》に埋まったおばあちゃんを助けだした。わが家は建物とお風呂にヒビが入り、私の建てた温室はしっかりとしていたが、サボテンの鉢はめちゃくちゃになっていた。台所はものが散乱し、リビングのカーペットは水槽からこぼれた水でびちゃびちゃで、死んだアロワナが横たわっていた。

余震が続いていたので、子供たちは怯《おび》え、近くの中学に避難しようと言ったけれど、私はあっけなく死んでしまったアロワナを見た瞬間に気力が萎えてしまった。何もかもじゃまくさい。

「避難するのはイヤじゃ。この家は、らもの叔父さんが建てて、筋交いがたくさん入っているから大丈夫。安心して」

子供たちを適当な嘘《うそ》でなだめて、私は、眠るために二階に上がっていった。あとで、子供たちがしみじみ言っていた。

「お父さん、いなくてよかったねぇ」

ほんと、らもがいなくて助かった。世話が大変だし、酔っぱらってぐにゃぐにゃになったらもがあのベッドに寝ていたらと思うとゾッとする。

地震の翌日、急遽《きゅうきょ》らもは退院した。マネージャーの智ちゃんや経理のタマちゃんたちが手伝って、家をちゃんと暮らせるように直してくれたので、らもも戻ってきた。

それから、らもは週に一度ぐらいは家に帰ってくるようになった。帰ってきても、何を話すわけでもなく、ただ酒を飲んでボーッとしているだけ。家では、中島らもの仮面をはずして素《す》に返っている。

「あぁ、こうしていられて嬉しい」

「僕はこういう生活がしたかった」

そんなにしゃべらないけど、とても満足そうに見えた。酒を飲んで寝るときもあるし、ふっこにきつく言われているので、麦茶で我慢するときもある。飲まないときは、私は炭酸水を差し出す。

「嘘の酒だよ」

ときどき、「すごい嬉しい」「感謝してる」なんて今まで言ったことのないような言葉がらもの口から出てきた。穏やかな状況に満足しているのだと思った。

でも、家にいるとつい酒を飲んでぐうたらしてしまい、もう外に出たくなくなるのはいつもと同じ。自分でもさすがにこれでは仕事はできないと考えたのだろう。

また、らもは事務所に行って、家に戻らなくなった。

九九年、らものお母さんが亡くなった。

私たちがのんきに暮らしている頃、歯科医院を継いだお兄さんは離婚し、お父さんとお母さんと暮らしていて、二人の面倒をみてくれていた。

お母さんは生きているときから病気の問屋みたいな人だったけれど、亡くなるときは体重が二十八キロぐらいになってしまっていて、骨に皮がはりついているような状態だった。

頭はシャープなままだったが、体はボロボロ。子宮脱《しきゅうだつ》に、骨粗鬆症《こつそしょうしょう》で満足に歩けなくなり、力もないため炊飯器すら持てない状態で、お兄さんが買ってきてくれたパックのご飯をレンジで「チン」してお父さんにあげるのが精一杯だったという。

お母さんはもうほとんど歩けなくなっていたから、動きやすいようにと、お兄さんが建てた、台所とお父さんたちの部屋だけの離れで生活していた。

ある日、病院から帰ったお父さんがお母さんがいないことに気づき、お兄さんと一緒に探したら、お風呂で亡くなっているお母さんを発見した。

「お風呂に入ろうとしたのだから、たぶん、気分はよかったのだろう」

お通夜の席で親戚の人が言ったので、救われた気持ちになった。らもは取り乱しはしなかったけれど、とてもショックを受けているのはわかった。

その夜、らもはお母さんのそばを離れようとはしなかった。

らもは、小さい頃からお母さんの期待に応え、お母さんが望むように勉強し、灘校に入った。自分が頑張ることがお母さんを喜ばせることだと思っていた。らもは、お母さんの期待する息子にはなれなかったけれど、それ以上の喜びをお母さんに与えられたから、親孝行ができたと私は思っている。どんなに酔っぱらっていても、外から帰ってきたら必ず、うがいをして手を洗っていたらもが、お母さんが亡くなってから、ピタリとうがいも手を洗うこともしなくなった。


らもが八六年から十五年続いたリリパット・アーミーを引退したのは二〇〇一年のことだ。

理由はいっぱいいっぱいあるが、一言で言えば、堪忍袋の緒が切れたというか、ばかばかしくなってやめたというのがほんとうのところだ。

亡くなる直前に出した『異人伝　中島らものやり口』で、劇団をやめた理由として、「ちょっとしたコーナーをもらって、人寄せパンダで笑い物にされて楽しくなくなった」と吐き捨てるように語っている。

自分のやりたいことがまったくできず、自分に与えられるのはほんの短い時間のおちゃらけたコーナーだけ。なのに名前はポスターの一番上に書いてある。いつの間にか自分がただの人寄せパンダになっているということに、誇り高いらもは我慢がならなかった。らもがふっこと袂《たもと》を分かったのは、当然といえば当然だと思う。

もともとからして、らもとふっこの芝居に求めるものは違っていた。

「普通の芝居は面白くないからやりたくない」

芝居をはじめた当初から、らもは、今までにない芝居を作りたがっていた。観客をどれぐらい笑わせるかということが自分にとっては一番大切で、なんの役にも立たないようなバカみたいでナンセンスな笑いにあふれた芝居をしてみたい。みんなが笑ってくれれば、それで充分なのだ、と。

「知識がなんじゃい、しょうもない！」

らもは人情に厚い人だったから、「浪速《なにわ》の下町はええでっせ」的なものを好んで書いていた。

ところが、ふっこは、らものやりたいことが理解できなかった。ふっこは喜怒哀楽や起承転結のあるもの、例えば古典劇とかの〝立派な〟ものをやりたがっていた。

ふっこは、らもがギャグばかり書くのは普通の芝居は書けないからだと思っていたようだ。だから、九〇年にらもが劇団「売名行為」のために『こどもの一生』を書いたとき、ふっこは悔しくて泣いたという。

「おっちゃんは、ちゃんとした芝居も書けるのに、なんでそれを私にさせてくれへんねん！」

らもは悲劇的な芝居も嫌いだったから、舞台の上で誰かが死ぬような話は書かなかった。でも、ふっこが勝手に脚本の最後を書き換えて、登場人物を殺してしまうようになっていた。『ベイビーさん――あるいは笑う曲馬団について』という芝居も、ふっこが自分の好みに書き換え、悲劇に変えてしまったらしい。

らもは、うんとあとになって、私に打ち明けた。

「最初の三、四作は面白かったけど、そのあとはもう情熱がなくなっていた」

「あれと組んで芝居したのが間違いだった」

芝居をはじめた当初、よくやっていたカンフーが登場する中華芝居も、らもにとってかなりキツかったらしい。

もともと、運動神経ゼロのらもは身体を動かすのが好きじゃない。なのに、芝居の練習と称して、カンフーや腕立て伏せをやらなければいけない。かなり無理して運動していたようだ。その頃のらもはカンフーに凝っていたから、私はてっきり喜んでやっているものだと思っていたのだが、ふっこにボロカスに怒鳴られ、耐えながらやっていたのだ。

いくら、らもが文句を言っても、ふっこは自分のやりたいようにしかしなかった。らもが書いた脚本を、あとで好きに書き換えて、共作ということになる。らもは、自分からアイデアを出すこともだんだんしなくなっていた。

「安っぽいお涙ちょうだい劇や、殺人ものなんか、俺は大嫌いじゃ！」

自分のやりたい芝居が壊されていくことに対する苛立《いらだ》ちが、らもの中では徐々に募っていったのだろう。本来なら作品を書き続けていくうちに、どんどん気持ちが盛り上がり、ギャグも増やしていくのがらものやり方。なのにその逆で、どんどんドラマツルギーのあるものに移って、ごく普通のありきたりなものにまとまっていってしまう。それはらもにとって、耐えられなかったはずだ。

もちろん、ふっこも大変だったろう。自分の思うままに劇団運営をしてきたとはいえ、お酒と躁鬱病でアホになったらもに代わって、膨れ上がった劇団の座員を食べさせていかなければいけない。小道具や衣裳を買いに香港《ホンコン》に行ったり、東京公演ではバスを借り切って劇団員全員を乗せて移動して、ホテルに泊まるという贅沢《ぜいたく》に慣れていった。らもや自分がいくら稼いでも、芝居を一本上演すればお金はあっという間に消える。

ふっこが年下の劇団員と結婚した九五年に、らもはリリパット・アーミーの座長から平座員に格下げになった。

らもの中では、もはやリリパット・アーミーが大きくなっていくことに関して、なんの喜びももてなくなっていたらしい。九四年、扇町ミュージアムスクエアの十周年記念イベントに、らもは山内圭哉らをメンバーとするバンドで参加し、それをきっかけに、『バンド・オブ・ザ・ナイト』時代にはじめたバンド「ＰＩＳＳ」を再結成する。らもは芝居に対するジレンマを、バンドにぶつけて解消しようとしたのだと思う。

しかし、ややこしいことは明日にしようという性格のらもは、問題を先延ばしにして、芝居をずるずる続けていた。マネージャーの智ちゃん、その後任の大村アトム君や若手の劇団員への愛もあった。らもは、劇団でも、必死で芝居をしていたのだろうなと、最近になって思うことがある。小学校の頃から百点取る人の演技をしてきたらもは、仕事でも、芝居でも、成功させると決めたら、そうなるよう努力し演技して自分を追い込んでいく。そうやってらもは「中島らも」を演じていた。

河出書房新社のムック本『中島らも』で、松尾貴史さんがこんなふうに書いている。

「らもさんは、『これから立ち上げるうちの劇団では、先輩後輩とか、誰が偉いとか、そういうヒエラルキーは一切なくす！』と宣言した。——中略——それから16、7年が過ぎただろうか。もう完全に劇団内の上下関係が出来上がり、みな上の者の顔色をうかがうような空気が出来上がっていた」

自分が招いたこととはいえ、最後はらもは、そんな劇団そのものに嫌気がさしていた。

劇団を引退するのと前後して、らもは、事務所は玉造のふっこの実家に置いたまま、雲雀丘の家に戻ってきた。

この頃、らもは抗鬱剤として飲んでいたトランキライザーの副作用を起こしていた。垂れ流し状態でおしめをしていたと自分でも書いているが、それはほんとうだ。ふっこには、そういうらもが、もう手に負えないお荷物になっていたのだろう。家に戻ってきたらもは、運動障害を起こし、話し方までおかしくなっていた。一番困ったのは目が見えなくなってしまったことだった。

芝居をやっている頃から慢性的に目は見えなくなっていたらしい。原稿用紙のマス目が見えにくくなり、この頃、中島らも事務所に勤めるようになっていた晶穂がときどき代筆をしたりしていた。

少し話は逸《そ》れるけれど、晶穂を中島らも事務所で働かせてほしいと、らもに頼んだのは私だ。高校を卒業した晶穂は、漫画家になるとかデザイナーになるとか言ってデザインの専門学校に入ったのだけれど、「鉛筆が削れないから」と三カ月で挫折してしまった。それからは家でゲームばかりして、ニート状態。そんな息子をちゃんとした会社に雇っていただけるはずがない。ここはもう父親に頼るしかないと思い、らもには悪かったけれど、なんとか中島らも事務所で働かせてもらうことにした。

晶穂は、最初、ふっこについていたようで、彼女はとても晶穂を可愛《かわい》がってくれた。らもはやりにくかったはずだが、仕方がないと思ってたんだろうな。晶穂は、中島らも事務所で働きはじめてから、父親に対しても、私に対しても敬語で話すようになった。

さて、話を戻そう。らもの目は、劇団を引退した頃には、ほとんど見えていなかった。らもはなんでもギリギリまで我慢してしまう癖がある。そんなところまで耐えるか、というぐらい我慢する。虫歯が痛かったのに、我慢して我慢して、「痛い」と言ったときには化膿《かのう》して骨膜炎になってしまっていたことがあった。

目の見えないらもに代わって、私が原稿を代筆することになった。昼頃起きて、それから夕方までの三、四時間、らもがしゃべったことを私が書き取っていく。二人で協力し合って何かをするのはほんとうに久しぶりだったし、らもの役に立っていると思えることで私の気持ちも明るくなった。

口述筆記は自分で書くより何倍も時間がかかるものだけに、らもにしてみればちょっとイライラしていたかもしれない。でも、芝居をやめてからのらもは、もう苛立ちを私にぶつけることはなく、辛抱強く私がマス目を埋めるのを待っていた。

思えばつきあいはじめた頃は、「バンビ」でいつも筆談で会話していたのだ。書くことで、恋愛時代が復活したような気分になった。私は、自分が少しずつ癒されていくのがわかった。

私は、らもが帰ってくるようになると、園芸飼育のやり方を手がかからないように変えた。たとえば、水を入れ換えなくても水槽環境がちゃんと保たれるようにするとかして、らもとの時間を作った。食事は作らず、一日一食、お昼に近くの喫茶店「ニューヨーク」から出前をとっていた。夜は、私がコーヒー牛乳を飲む前で、らもはお酒を飲んでいた。このときの私たちの暮らしぶりは、NHKの「ETV特集」で放送された。『空のオルゴール』を書き上げ、『こどもの一生』を三分の一ほど書いた頃、らものお父さんが老衰で亡くなった。妻に先立たれると夫は二年で死んでしまうとよく言うけれど、そのとおりになった。

お母さんが亡くなったとき、お兄さんが「お袋はもういないけど、どうする？僕と一緒に住む？」と訊《き》いたら、お父さんはそのまま一人で離れに住むと言ったそうだ。お母さんと一緒に住んでいた家で暮らしていたかったのだろう。

亡くなる一週間前、私たちは立花の実家へ呼ばれた。お父さんはニコニコしながら言った。

「これで最後だから、さよなら」

お父さんが亡くなった晩、らもは酒を飲んでめちゃくちゃになっていた。私は、お父さんが、らもが私のところに戻るのを見届けるまで待っていてくれたのかもしれないなとありがたく、冥福を祈った。

らもの目が治ったのも、お父さんのおかげだ。

お父さんが亡くなったあとで、相続の相談のために、私とらもは二人でお兄さんの家に行った。そのとき、会うなり、お兄さんが言ったのだ。

「裕ちゃん、ちょっとおかしいよ。視線も定まってないし、歩き方もおかしい。どんな薬を飲んでいるのか、一度、調べてあげる」

お兄さんが調べてくれた結果、らもが飲んでいたすべての薬に運動障害、自律神経失調症、そして目がかすむという副作用があることがわかった。

らもはアルコール依存症と鬱病で入院したときから、長い間、かなり強い薬を飲み続けていた。ほんとうは、症状が和らいだ時点で軽い薬に替えなければならないのだが、当の先生自身が躁鬱病を発症してしまったのだ。先生は医師をやめることになるが、らもは後任の若い医師をあまり信用できなかったようだ。そのため、後任の先生はらもを一度も診察することができず、薬をとりに行く私や晶穂から話を聞いて、処方箋を出してくれていた。

でも、らもはその薬を飲もうとはせず、前の先生が出してくれた強い薬を飲み続けていた。しかも、この頃のらもはまたも酒を飲むようになっていたので、薬の副作用は倍増されていたことになる。私はらもの目が見えなくなったのは酒が原因だと思っていたし、らもも同じことを思って、仕方がないなという気でいた。しかし、お兄さんに言われて薬をやめてみると、らもの目は四日目には見えるようになり、二週間後には自分で原稿を書けるようになった。会話もしっかりしてきたし、思考もクリアになった。

目が見えるようになり、自分で書けるようになって、らもがどんなに喜んだか。らもが何より嬉しかったのは、本が読めるようになったことだ。新しい小説にとりかかる前、らもはいつも何十冊もの資料を読んで準備をする。目が見えなくなって、それができなかったことが不安だったのだ。


劇団をやめる数年前から、らもの私への優しさが戻ってきていた。

「仕事は僕の聖域だから、絶対、近づかんといて」

厳しく言い渡されていたのに、事務所に呼んでくれた。

「スペイン語を一緒に習おう」

えっ、私を誘ってくれるの？　嬉しいなぁ。

小学生の頃から小林聖心で英語を習っていたが、私は最初から英語がペーラペラペラとしか聞こえなかった。語学コンプレックスがあったし、「サボテンでラリってみたい」というらものご要望に応えてはじめた、サボテン栽培に夢中になっていたから、スペイン語がしゃべれたらいいなと、らもに言ったことがある。らもも、メキシコに行って英語が全然通じなかったから、スペイン語を習おうと思ったらしい。

広告を出して見つけた先生は、美人の外語大生。スペイン語は思ったよりうんと難しかったが、先生の人徳で三年続いた。結局二人とも、ものにはならなかったけれど、学ぶのは楽しかった。

私たちがカンボジアの女の子の里親になったのは、この先生と映画の話をしたのがきっかけだ。ジャック・ニコルソン主演の『アバウト・シュミット』という映画が面白いという話になり、その映画で、里子援助金を出して支えて、子供たちと文通するNGO団体の「日本フォスター・プラン協会」（現・公益財団法人プラン・ジャパン）というのを知ったのだ。私が、さらに「日本国際飢餓対策機構」（JIFH）という団体を見つけて、里親になると、らもは自分も参加するという。それで、二人で三人の女の子の里親になることにした。

後に、私は、らもと編集者とマネージャーの長岡しのぶの取材旅行に加わって、この少女たちに会いに行った。

らもが芝居をしなくなって、私はほんとうにホッとした。もう、怒鳴られなくてすむ。芝居をやめてからのらもとの時間は、穏やかだった。それまでの殺伐とした時間が嘘のように。らもの気持ちは落ち着き、久々にゆっくりとした時間が戻ってきた。その頃は晶穂も早苗も成人して家を出ていた。

早苗が家を出るときは、ひと騒動あった。

無口な晶穂と違って、幼い頃から早苗は快活で、社交的な子供だった。あんまりできた子なので、らもが「早苗は芝居してるんじゃないか」といぶかったこともあるぐらいだ。「お母さんと同じ学校に行きたい」と小学四年から小林聖心に通っていた。当時の私は、あかんたれな母親になってしまっていたから、とんでもないお弁当を持たすこともあった。前日作ったマドレーヌが珍しく上手にできたので、弁当箱にマドレーヌを入れたこともあるし、肉まんを入れたこともある。鬱のときは、朝、起きられず、十二時にオートバイで学校まで走って、校庭の木にハンバーガーをぶら下げておいた。でも、早苗は文句もいわず、高校時代にはらもの反対を押してサキソフォンを吹きはじめ、自分の意思で大阪音楽大学短期大学部のジャズ・コースに進んだ。ホームレスに毛布を配って歩いたり、おかしな食堂を見つけたら、らものためにレポートを書くような子で、イラク問題なども、らもとよく話していた。

早苗が短大一年で家を出ると言ったとき、らもは猛反対した。私は、もちろん、賛成した。

「好きにさせてあげようよ」

　私は自分が母に干渉されまくって育ったので、子供は自由にさせてあげるのが一番だと思っていた。でも、二十五歳を過ぎてから早苗が「私はお母さんに何もやってもらったことはない」と言いだしたので、ショックを受けるのだけれど。

　らもは娘の独立をなかなか納得せず、早苗が一カ月前に拾ってきた猫のことを持ちだしてまで、反対を続けた。

「猫はどうするんだ！　猫は！」

　早苗は出ていき、猫と一緒に置いていかれたらもは、しばらくしょんぼりしていた。

　私たち夫婦が一緒の時間を共有するようになったのは、十五年ぶりのことだった。ずいぶん長い間、私はらもの芝居すら観たことがなかったのに、家に戻ってきてからのらもは、映画の試写会にも私を連れていってくれるようになった。家に阪急タクシーを呼んで、試写を観たあと、食事をして帰ってくる。ニコール・キッドマン主演の『めぐりあう時間たち』や、『ザ・グリード』など、新しい映画が来るたびに、らもはいつも私を誘ってくれた。まるで恋人時代に戻ったみたいで楽しかった。

家族で河豚《ふぐ》やスッポンを食べに行ったこともある。あの頃は、ほんとにほんとうに嬉しかった。

静かで穏やかな日が続いていたのに、またもや事件が起こった。波瀾万丈《はらんばんじょう》は私たち夫婦の運命なのか。

二〇〇三年の二月四日、らもが大麻取締法違反などの容疑で逮捕されてしまったのだ。

しばらく前から、らもは、ときどきマリファナを吸っていた。六〇年代、七〇年代に青春を送った元フーテンのらもには、マリファナは決して悪いものじゃなくて、アルコールや煙草《タバコ》より害のない気晴らしのようなものだった。吸いながら音楽を聴いたり、絵を描いたりすることが多かった。らもは、平気で人前でも吸っていた。なんでだかしらないけれど、バレないと思い込んでいたようだ。

「捕まったらややこしいことになるから、やめたら」

私がいくら言っても、らもはまったく聞かない。そんなことだから、誰かに通報されてしまったのだ。

逮捕される前の晩もキセルに詰めて吸っていた。その吸いさしを灰皿の上に無造作に置いて、そのまま寝てしまった。

四日のお昼頃、私は人の気配で目が覚めた。家はいつ何時友達が遊びに来るかもしれないので、寝るときもドアは開けたままにしてある。なんだか騒がしいと思ったら、目の前に数人の男性が立っていた。ヤクザみたいなのもいれば、学生っぽいのやら、サラリーマンみたいなのやら、スポーツ選手のようなのやら、いろんな格好の男たちが全部で十一人も、我が家に乱入してくる。

「二階かもしれない！」

角刈りにした一番えらそうな人がダダダッと階段を駆け上がっていくから私はてっきり泥棒がうちの二階に逃げ込んだのだと思った。で、ここにいる人たちはそれを追ってきたのだ、と。

「犯人は二階に逃げましたよ」

寝ぼけていてそう言おうとしたが、いや、ちょっと違うな、なんて思っていたら、誰かが、「自分たちは麻薬取締捜査官だ」と言ったので、ようやく目が覚めた。

私たちは大テーブルを置いたリビングの横の和室の二段ベッドに寝ていた。私が上段で、らもが下。二階に駆け上がった人は二段ベッドに寝ているのは子供で、らもはまだ二階にいると思ったらしい。その騒ぎの中でも、らもはまだ全然目を覚ましていなかった。

「起き抜けは使いものにならへん」

自分でもよく言っていたけど、らもは起き抜けに煙草を五本ぐらい吸わないと目が覚めないのだ。

捜査員から調べるところを見ていてほしいと起こされたらもは、ベッドに座ってボーッとしたままその様子を眺めていた。捜査員が十一人いるのを見て、「どことサッカーの試合するねん」なんて間の抜けたことも言っていた。私はといえば、そんな切羽詰まった状況なのに、ベッドに寝転んだまま、捜査員たちが開けた引き出しをまた丁寧に閉めるのを見て、きちんと整理整頓してくれるんだな、なんて感心していた。

「どこにあるか言ってください」

いくら訊かれても、二人ともボーッとしたまま答えることはできなかった。そうこうするうちに、捜査員の一人が部屋のラックに入れてあったマリファナと、前の晩にらもが吸ったキセルを見つけた。

「ありました！」

その声を聞いて、捜査員全員が集まってきた。一人がリトマス試験紙のようなものを取り出し、その場で検査をはじめた。色が赤くなればそれはマリファナということになるらしい。紙は見事に赤くなった。証拠を押さえられてしまってはもう言い逃れはできない。「だから言ったのに」と思ってもあとの祭りである。ついに、らもは逮捕されることになってしまった。

家を出るとき、らもはごく平静だった。

「行ってきます」

「うん。待ってるわ」

すると、

「奥さん、お話を聞きますから一緒に来てください」

私も連れていかれてしまった。

私は、その日から三日間、大阪の天満にある麻薬取締第九官舎に通うことになった。

「本来は奥さんも一緒に捕まってもおかしくないんですよ」

そうだろうなとは思った。でも、私は吸ってない。らもが吸う横にいても、副流煙が身体にジミジミ効いてくるようでイヤなのに。しつこく追及されたが、吸っていないと言い続けて、ようやく解放された。そのときは、まだ借りていた、ふっこの実家の事務所も調べられたが、そこからは何も出なかった。

実を言うと、私も若いとき、栽培していたくらいだからマリファナをやったことがある。でも、気持ちいいと思ったことは一度もない。吐きそうになるし、立っていられなくなる。自由を奪われたみたいになって、もう何もできなくなってしまうのだ。何かに取り憑《つ》かれた状態とでも言うのだろうか。危険だから、禁止されているから吸わないというわけではなく、あんなものに自分がつかまりたくないのだ。

私は、オートバイに乗れなくなってしまうので、睡眠薬もやめた。日常生活の中で、薬をやっているために何かを制限されてしまうのはカッコ悪い。らもは自分が自分でなくなることを望んで薬をやっていたけど、私は自分が自分でなくなるのは嫌だった。

らもが逮捕された日はとても冷え込んでいた。捜査員から「寒いからようけ着込んでこいや」と言われ、らもはオーバーを着ていったのだが、拘置所内はいろいろと規制があり、入るとき、それは脱がされてしまったらしい。その頃のらもは睡眠薬がないと眠れなくなっていて、副作用が出てからでも少なめの量をいつも病院で処方してもらっていた。持病の高血圧の薬も必要だった。でも、拘置所にそれらの薬を持ち込むことはできなかった。

厚地の衣類を差し入れようとしたら、「肩パッドの中に何か仕込まれているかもしれないから」、セーターやタイツは「首つりをされる恐れがあるから」といった理由で許可されなかった。あとで聞いたら拘置所の中は摂氏四度だったという。

薬も着るものもなく、いったいどうなってしまうんだろうと、少々のことでは動じない私もさすがに心配になった。しかも証拠《しょうこ》湮滅《いんめつ》の恐れがあるとかで、接見も禁止されてしまった。らもの灘高時代の同窓生を弁護士に頼み、様子を教えてもらうことにした。

逮捕のニュースはすぐにマスコミにも知られてしまい、翌日の新聞やテレビのニュースで大きく取り上げられることになった。周りの反応はさまざまだった。うちの母は、「まったくお前は……」とごちゃごちゃ言っていたが、うるさいので取り合わないようにしていた。鈴木創士や、他の友達も心配してよく電話をかけてきてくれた。誰もが、私を安心させ、気づかってくれた。

「あいつは大丈夫やから。ミーは大丈夫か?」

ありがたいなぁ、友達は。

ふっこから私に連絡が来ることはなかった。事務所に通っていた晶穂から事情は聞いていたのだと思う。

逮捕後、しばらくは新聞記者がよく家にやってきた。

「私は何も知りません」と言って追い返していたのだが、ある雨の日、弁護士さんと会って夜の十時頃家に帰ってきたら、『日刊ゲンダイ』の若い記者が家の外にぽつんと立っていた。雨の中、泣きそうな顔をしているので、なんだか可哀想《かわいそう》になり、ほんの少しだけ話をした。彼が「写真を撮っていいですか?」と訊くので、窓の外から撮ればそんなにハッキリとは写らないだろうと思い、「外からだったらいいよ」とつい承諾してしまった。ところが翌日の新聞を見たら、なんと、らもの事件が一面に大きく取り上げられているではないか。机の上に置いた煙草の銘柄が読み取れるぐらいの中島家のクリアな写真と共に。

「何をしてるんですか!」

晶穂に思いっきり叱られた。

らもが拘置所に入っている間、私は一度も面会できなかったが、精神的なダメージに関しては何の心配もしてなかった。そんなこと、らもは覚悟の上でのことだったからだ。ただ寒いのと血圧だけが心配だった。案の定、降圧剤を飲むことができなかったため、血圧が上がりすぎて死にかけたと、あとで言っていた。そのあたりの事情は、らもが釈放後に刊行した『牢屋《ろうや》でやせるダイエット』に書いている。

らもは、逮捕から二十日後の二月二十四日に起訴され、翌二十五日の夜七時に釈放された。晶穂と私で桜宮《さくらのみや》の拘置所まで迎えに行った。格別に変わった様子もなく、かえって日頃のむくみがとれて顔はすっきりしていた。拘置所の前で記者会見したらもは報道陣から煙草を一本もらい、美味《おい》しそうに吸っていた。その後、『フライデー』の記者の車に乗せてもらって堂山町まで行き、「ＤＯ」に行って三人で飲んだ。

ヒコちゃんの記憶によれば、「ＤＯ」のドアを開けたとき、七時二十九分だったそうだ。カウンターの中でサラミを切っていたヒコちゃんは開口一番、

「あら、もう出てきたの？」

「刺すぞぉ」

らもは嬉しそうにクックックックッと応じていた。らもと晶穂はお酒を飲み、私はヒコちゃんにとってもらった出前の上にぎりを食べた。

季節が真冬だったこともあり、拘置所の中はとにかく寒かったらしい。それまでは夏より冬のほうが好きだったらもだが、それからは、「寒いのはもうこりごりだ」と言うようになった。

私はらもの元気そうな様子を見て一安心したものの、すぐに、あれっと思った。なんだかやけに明るくて、はしゃぐのだ。やっぱり、ちょっとおかしい。案の定、らもは躁病を発症していて、数日後、入院することになった。思えば、マリファナを平気で家に持ち込んだのも、躁のなせるわざだったのだ。

らもはまたしても大阪市立総合医療センターに七十日間入院し、四月十四日、大阪地方裁判所で初公判を迎える。判決が出たのはその約一カ月後の五月二十六日。懲役十カ月、執行猶予三年の判決が下された。

裁判では弁護士さんにさんざん釘《くぎ》を刺されていたにもかかわらず、らもは、独自の大麻解禁論をぶち上げてしまった。らもは刑務所に入るつもりでいたそうだ。それまでのらもは政治や司法にはまったく興味がなかったのに、拘置所に入れられてみてはじめてその制度に疑問をもったらしい。人権の問題もさることながら、医療大麻の認定と言うのだろうか、マリファナが癌《がん》の痛みに効くのなら合法化すべきだと訴えはじめた。実際、その年の秋、「法治国家とマリファナ」というテーマでトークショーを開いたりもした。

「芝居とかロックをやっても人が集まらないのに、なんでこんなに来るんだ」

会場は大盛況で、芝居や「ＰＩＳＳ」のライブに来る人たちとは明らかに違う人種がわんさか押し寄せていた。ネクタイを締めた身なりのきちんとした人がたくさん来ていたと、らもは驚いていた。

退院後、らもは元気に動き出したが、今度は、晶穂が倒れた。逮捕時、晶穂はらものマネージャーをやるようになっていたので、警察で事情聴取された上、マスコミに追いかけられ、出版社との対応に追われて疲労困憊《ひろうこんぱい》していた。そして騒動が一段落したあと、布団から起き上がれなくなってしまったのだ。

「お父さんに鬱病を感染《うつ》された」

晶穂はらもが紹介した病院に通うようになったが、「感染された人の紹介で病院に行くのもなぁ」と苦笑いしていた。そんな晶穂を見て、早苗が言ったものだ。

「この家で、まともなのは私だけだ」

その早苗が、らもが逮捕された年の十二月三十一日に、バンド仲間だったモトキと結婚した。モトキは、らものバンドのメンバーでもある。

「娘の結婚式では、俺は絶対泣く」

ずっと言っていたらもだが、両家で開いた食事会では淡々として早苗を見守っていた。モトキのご両親や親戚に挨拶したり、お酒を注《つ》いでいたのは晶穂で、私たち夫婦はただニコニコと笑っていただけで、すっかり老夫婦だった。

早苗が結婚した年、らものマネージャーが晶穂から長岡しのぶに代わった。長岡は、NHKでアルバイトをしていて、らもがテレビに出演したときに知り合った。とても頼りになる女性で、「めんどくさいからいい」と、中島らも事務所をふっこの実家に置いたままにしているらもを説き伏せた。

「やっぱり、引っ越しましょう」

天神橋のビルの一室が中島らも事務所となった。そして、芝居で出た借金を埋めるために五百万円を払って、らもは、ふっことも、リリパット・アーミーとも完全に関係を絶った。

ふっこは、らもの怒りや絶望を、たぶん、よくわかっていなかったと思う。らもがヘンになったのは、躁鬱病とアルコールのせいだと思っていた節があり、絶縁したあとでも、芝居をする費用がいるからと、らもに借金を申し込んだことがあった。もちろん、らもは首を縦に振らなかった。それからはらもは、どんな形にしろふっこと関わりを持つことを一切拒否した。

らもと袂を分かってから、ふっこは「玉造小劇店」という会社をつくり、「リリパットアーミーⅡ」で芝居を続けている。

「ミーさんは、ふっこさんを許せないと思います？」

長岡に聞かれたことがある。

私が彼女と会うことは、もう二度とないと思う。ふっこにはふっこの思いがあったろう。ふっこも、一所懸命らものために頑張った。悲しくてつらい思いもしただろう。だから、今さら、ふっこを批判するつもりも、恨むつもりもない。それも、これも、らもがいたからだから。らもが、ぜーんぶ、悪いんだ。

らも、私、そしてふっこ。みんな、懸命に生きてきた時代があった。そして、らもは私のところに戻ってきた。ふっこは、もうすっかり関係ない世界の人だ。らもがいなくなった今となっては、それで充分だ。


逮捕が、らもの作家活動を妨げることはなかった。晩年のらもは、再び、精力的に仕事に取り組みはじめていた。執筆依頼が次々来ることを、とても生き甲斐《がい》に感じていたようだし、トークショーやライブと、進んで出かけていった。私も、交ぜてもらって、それまでだったら考えられないようないろんな仕事先に連れていってもらえた。

でも、鈴木創士は言うよ。らもは、死ぬことがちゃんとわかっていた、って。友達を電話で呼び出し、一晩飲み明かす。「友達の葬式には絶対行かない」と言っていたのに、自分から足を運んだり。『異人伝　中島らものやり口』なんて遺言のような本を書いたり。

けれど、私は、らもとの別れがもうすぐ来るなんてちっとも知らなかった。うん、五十歳を過ぎて、らもと過ごす時間はなんだか静かな輝きに満ちていて、幸福だった。

あの七月十六日の未明に電話が鳴るまでは。

終章　あとでゆっくり会おうね

前略
らも、お元気ですか？　らもが旅立って、三年が過ぎようとしています。

「葬式もいらない。墓もいらない。俺の骨は、その辺に撒《ま》いておいてくれ」

らもの願いは、ちゃんと叶《かな》えたよ。らもが亡くなって一年後、お兄さんの息子がセスナの免許をとったので、八尾《やお》空港から飛び立ち、晶穂と二人で、大阪湾にらもの遺骨を散骨しました。それから、遺骨は、家の床の下にも撒きました。

らもが家族のために建ててくれた雲雀丘の家で、今、私はママと二人で暮らしています。らもを追うようにパパが癌《がん》で亡くなったので、一人になったママが、派手派手な家具と共に家にやってきたのです。二階の一室はママの部屋になり、まるでオスカルの部屋だよ。らもがいたときは、リビングにはカーペットが敷いてあったよね。あのカーペットは、ペロのおしっこだらけになっていました。そう、らもが、とても可愛がっていたペロ。らもがトイレに立つと、ペロはいつもその前で待っている。すると、らもは、赤ちゃんをあやすように「待っててくれたんかぁ」と目を細め、鼻の下を伸ばしてたから、私はいったいどうなっちゃったんだろうと苦笑いしていたものです。

ベッドに入るときは、「PPN」と言ってペロを呼ぶから、「PPNって何?」と私が聞いても、ペロを抱っこして、ひそひそしゃべっている。そしてついにある日、教えてくれたよね。

「PPNとは、ペロ、パパ、ねんねの略だよ」

おかしかったなぁ。でも、ペロのおしっこでカーペットは臭くなってしまいました。動物の臭《にお》いに慣れてる私は平気だけれど、ママは、「臭い、臭い」と言って、リビングと続きの和室を全部フローリングにしてしまったので、そのときに、床下にも、らもの遺骨を撒きました。

ママとの二人の暮らしは、なかなか、たまらんものがある。らもも知ってのとおり、ママはうるさくて、すぐミーをかまいたがる。もうお金もなくなってしまったというのに、いまだに美容院に通い、阪急タクシーでデパートに行っては私の服まで買ってくる。私は、服なんてほしくない。でも、ママは、ミーが同じ服ばかり着てるのが可哀想《かわいそう》なんだって。全然、可哀想じゃないのに、「いらない」と言うと、泣く。一緒にテレビを観《み》ていて、しゃべらないと、「淋《さび》しい」と言って泣く。私がご飯を食べないと言って、また泣く。

ワシは自由が好きなのに、ママにあれこれ世話をやかれて、五十五歳なのにダメダメ娘に戻りそうだわいッ。らもといたときは、自由だったなぁ。

そうそう、子供たちのことを報告します。

晶穂は、派遣社員としてあちこちで働いていたあと、今は、正社員となって、コンピューターの相談窓口の会社に勤めています。コンピューターがフリーズしたり、操作方法がわからなくなった人の問い合わせに、電話で答える仕事。ゲーム大好きの晶穂にはぴったりの仕事だと思うよ。らもも知っている彼女と、今も大阪の旭区《あさひく》で仲よく暮らしています。最近、晶穂はお酒を飲みはじめたようで、少しばかり太ってきて、若い頃のらもにそっくりになってきました。ゆっくりしたしゃべり方といい、外見といい。みんなが、そう言うよ。

早苗は、モトキと睦《むつ》まじく暮らしています。専業主婦をしながら、今はベースを弾きはじめました。しっかり者だから、頼りない母の相談にのってくれたり、心強い存在だよ。あの子はらもが生きていた頃から、少しずつものを書きはじめていたけれど、最近、早苗のもとには執筆依頼が来るようになりました。らものことを書いてくれと頼まれたりすることも多く、そんなときは、「お父さんの自慢をしちゃあいけないし」とか「ここで面白くしよう」とか、あれこれ知恵を絞ってます。ミステリーしか読んだことのない子だったのに、親バカかもしれないが、これがなかなか上手《うま》いのだ。らもの本だって、あまり読んでないのに、やっぱりらもの娘だから？　早苗の書いたものは、らもの担当だった編集者の人たちが読んでくれていて、それはとってもありがたいことです。でも、早苗は、らもの娘だからといって、傲慢になることはないし、威張りもしない。自分はまだ駆けだしだということがちゃんと、わかっているから安心してください。私たちの娘なのに、どうしてあんなにちゃんとしているんだろうね。きっと、らもも私もむちゃくちゃだったから、反面教師として見てたんだろうね。早苗は、若い頃の私によく似てるようです。

十九歳で出会って、五十三歳で別れるまで、私たちは三十四年一緒にいたんだね。結婚してから数えても三十年。らもが生きていた頃に、私たちはもう銀婚式を迎えていたことになります。まあ、らものことだから、「えっ、銀婚式？　そんなん知らない」と言うだろうけれど。

出会ってからずっと、らもに対する想《おも》いも信頼も変わらなかったよ。でも、らもがみんなのらもになってからは、私の心の中にはいつもどこかにピューピューと風が吹いていたのを、知っていましたか？　頭のいいらものことだから、きっと知っていたよね。だからこそ、二人の時間をちゃんと用意してくれたのだろうと思います。

「別れるときは悲しませない」という出会った頃の約束を守ってくれたらもには、心から感謝だよ。あのまま芝居を続けていて、私に怒鳴り散らしたまま逝ってしまっていたら……怒るよ、ほんとに。ゆっくりした夫婦の時間があったから、「あぁ、もう逝くの？」と私はあなたを自然に送り出せました。

正直に言うけれど、らもの心臓が止まったとき、私は、もちろんとてもとても悲しかったけれど、どこかでホッとする気持ちがありました。だって、あの頃のらもは、もう身体《からだ》がズタズタだったでしょ？　高血圧で血管はボロボロだったし、肝臓もイカレていたし。もしあのとき、階段から落ちていなくても、今頃は、ベッドの上で動けない半病人になってしまっていたんじゃないかと思います。それは、らもにとっては耐えられないことでしょ？　今は、飛行機はもちろん、日本中どこに行っても全部禁煙になってしまっています。そんなことも、愛煙家のらもには耐え難いでしょ？

ね、だから、わりとうまいこと逝けたんじゃない？ らも。将来に絶望しかなかったらもが、やりたいことを見つけ、やりたいことをやって、たくさんの人に愛され、仕事が成功して。いい人生だったよね。ほんとうによかった。その中に私が加われたことが、誇りです。

不思議なことに、私は、らもが死んでから、ちっとも淋しくはありません。みんながヘンだと言うぐらい、私には喪失感はありません。ときどき、創やボンが電話をくれます。小堀さんも、らもの書いたものが散失してはいけないと中島らも事務所の資料を整理してくれたり、「ご飯食べに出てきませんか」なんて声をかけてくれます。らもと親しかった編集者たちも時折、訪ねて来られます。亡くなってからも、本が次々出ているし、ＤＶＤも出てるから、らもは、まだどこかで仕事をしてるんだと思うときがあります。芝居をやっていたとき、家には帰ってこないけど、外でなんとかやっているのだろうと思っていたけど、今もその頃とちっとも変わりません。

私は、カトリック信者なので、死は怖いものではありません。この世の務めを終えて神に召されて天国へ行く。それは何かを達成したことを意味しているので、決して悲しいことではないし、魂が存在し続けることも知っています。

らものことだから、そっちで早くに逝った仲間たちと、またお酒飲んでるんだろうね。ガド君や岡本さん、それからたくさんのフーテン仲間たち。そして藤島さん。お母さんやお父さん、私のパパもいるし、淋しくないよね。

ときどき、会ってまた一緒に笑いあって、じゃれあって、遊びたいなという気持ちになることもあります。でも、らもが、家のあちこちにもいるのを、私は知っています。だって、しょっちゅうしょっちゅう、らもはこの家にいるんだもん。今だって、ほら、ここにいる。

一人になった今、「これまでできなかったことをするとか、別な人生を考えるとかすれば」、と言ってくれる人がいます。私には、そんなことは考えられません。だって、らもと出会ったことが私の人生の中で一番大きな出来事で、私のすべてなんだから。

私は小さな頃、スーパーマンになりたかったけれど、らもと出会ってからは、らもが私のスーパーマンだった。らもと家族になれたこと、一緒に生きてこられたことが、この上もない幸せです。

これからも私は、あの保久良山の素敵なキスの思い出を胸に抱《いだ》いて、中島らもの妻として、あなたと共に生きていきます。一人は一人だけれど、二人は一人でしょ？

あとでゆっくり、天国で会おうね。

世界が終わる——解説に代えて

鈴 木 創 士（仏文学者・作家）

中島らもとはよく「世界の終わり」の話をした。美代子さんはカトリックだったが、らもは無神論者だった。

マヤ暦によるとつい先頃ちょうど世界は終わったらしい。私はあれほど天文学に精通していた古代のマヤ人が命がけで言ったことを無視するつもりはさらさらない。命がけで言ったかどうかは別にしても、毎日耳にする現代人の宣《のたま》うことと比較してみても、彼らがただの阿呆《あほう》で、出鱈目《でたらめ》を言っていたなどとは口が腐っても言えないからだ。

十二月二十一日金曜日の夜に、東北の友人と久しぶりに電話で話した……

「今日、世界は終わったのかな」

「終わったのかもね。あたしたちの頭のなかでそれが続いているだけでしょ」

十八世紀アイルランドの哲学者バークリーのように、存在するとは知覚されるということだ、物が存在するように思えるのは私が知覚しているからだ、と言い張る人たちもいるくらいだから、世界が終わった後も世界の像が存続しているように見える、というかそのように思えてしまうのは、世界が一人一人の頭のなかにあるからにすぎない、ということだってあり得るかもしれない。世界はすでに終わっているのに、自分の頭のなかだけで世界が続いている……。だから誰もがそう考えていれば、何事もなかったかのようにすべてがまるく収まるというわけでもないだろうが、翻って考えてみれば、いまさらながらだが、自分以外の全員が宇宙人じゃないかと生まれて初めて懐疑を抱く子供のような気持ちになることがあってもおかしくはない。この感じはたぶん誰にも覚えがあるに違いない。

私たちは世界が終わった後の世界を生きている……。自分の頭のなかにだけ世界が在《あ》って、この手や、このからだは、実際には誰かが見ている最中の夢か、壮大な幻想絵巻のただなかにあるにすぎないのだ、と。

らもが生きていれば、たぶんこんな感じだ。彼は酔っぱらっていても反論しただろう。

「だっていまここで物に触ることもできるじゃないか！　お前、ラリってんのか！」

「それだって、その物が何であるのか君は言うことができるし、それはそもそも君がその事物の名前を知っていて、君の頭のなかに物の名前がちゃんと入っているからだし、それに触れたと思って、君が、つまり君の壊れかけのアル中のおつむが、何かを知覚して感じているからじゃないか。世界が終わったって、世界を残像のように知覚していりゃ、それが存続している感じがするんだってば！」

「でもだったらお前は死んでいるのか？　たとえ死んでいても、あるいはまだ生きていたとしても、お前のお粗末な知覚がどうであれ、世界が在るに決まっていなければ、お前だって存在していないじゃないか。世界はここにあるんだ、俺はそれを信じているんだよ」

「ああ、それがどうした！」

「まるで地下鉄のザジの鸚鵡《おうむ》の言い草だな」

「喋《しゃべ》れ、喋れ、それだけが取り柄さ！」

ま、こんな具合だったろう。誰だって具合が悪くなるというものだ。どうやら世界は信じられないくらい複雑に出来ているらしい。われわれが無様な失敗を繰り返し、気を取り直してみては、なんとか辿《たど》り直していることは、はっきりいって単純極まりないことなのだけれど。それはそうと、終わる前の世界に属していたここ日本に関していえば、最近、ほんとうに世界が終わったのではないかという雰囲気が濃霧のように漂っていると言えないこともない。ちょうどクリスマスだし、アヴェ・マリアに因《ちな》んで、こんな風にラテン語で言い換えることもできる。Ave mortalis stella! 安倍・モルタリス・ステラ! ごきげんよう、死すべき星よ!

ところで、ずっと前から、すでに世界は何度となく終わっていたのかもしれなかった。そのつど。その場限りで。じゃあ、その後、われわれはいったいどうしていたのか?

中島らもや美代子さんと毎日のように顔を合わせていた頃、とにかく私は退屈で死にそうだった。退屈は発明の母なのだから、いろんな「手法」が考えだされることになった。悲惨なやつも含めて。だが、言うまでもなく、それだけではなかった。陰鬱なる美青年のように見えることもあった、かつての無口ならも君は、このことにたぶん同意してくれるはずだと思う。当時、まだ時代は騒擾《そうじょう》状態のなかにあったのだけれど、それでもわれわれはもっと「出来事」が幾つも空から降ってくることを待ち望んでいた。

私は騒乱に加わるのが好きだったが、らもはそうではなかったかもしれない。美代子さんはどうだったのか。彼女はあの暗がりのなかにいてもとにかく明るかった。喜びが顔とスキップに愉《たの》しげな絵を描いていた。妙な日本語だが、そうとしか言いようがない。明るく振る舞っていただけだとはまったく思えない。らもはどちらかといえば暗く、黙りこくっていた。時々、妙な微笑《ほほえ》みを浮かべて。「困ったもんや、お前はとにかくややこしいことが好きやからな」、とらもは愚痴っていたっけ。

時間はとぐろを巻き、鎌首をもたげ、からみつき、しゅーしゅー音を立てていた。永遠には続かない瞬間、また瞬間のなかで、「発明」はほとんど破産の憂き目に遭うものだとだいたい相場は決まっている。「出来事」はこの発明からすべからく逃れようとする。出来事は小賢《こざか》しい人の手なんか借りたくないのだ。ともあれそいつは空から落ちてくる、空中でずっとわだかまっていたみたいに、突然、あっけなく世界が終わってしまうみたいに。それをわれわれは馬鹿みたいに待っていた。だって出来事にはそれしかできないのだから。雨が降るようなものである。

日曜日の朝、俺は落ちていく……。らもの家にいて、よくヴェルヴェット・アンダーグラウンドやブリジット・フォンテーヌのシャンソンを聞いていた。私の知る限り、彼はそのことをエッセーに書いていない。らもは忘れてしまっていたのだろうか。フォンテーヌがフランス語で「ここではいろんな事が起こる」と歌っているのがいつも酩酊《めいてい》状態のなかで聞こえていたが、たしかにいろんな事が降って湧いたように出来《しゅったい》した。いろんな事は網目模様を描き、渦巻きになり、突然、煙のように消滅したりした。だが、ここでそれを蒸し返すには及ばない。熱力学的に言えば、エントロピーは一定である。正があれば負もあるのはいちいち言われなくてもわかっている。

らもと美代子さんは不思議なカップルだった。この場合は、カップルだと言っていい。何人いようと、誰もが独りだったなかで、いつも二人は一緒だったのだから。われわれ全員が少々やりすぎたきらいがあるって？　君に言われたくないさ！　過剰であることは、時と場合と場所によっては、絶望的状況のなかで、ほとんど美徳と化すことがあった。われわれの友人の多くが若死にしてしまったけれど、いままでも私はそう声を大にして言いたいと思う。なんといっても退屈は悪徳だったが、過剰さはある種の美徳だったのである。いくらやりすぎてもやり足りなかった。やればやるほど何かが穴だらけになっていくのを見るのは、ある意味で壮観だった。ついでにフロイト派の精神分析家にでも聞いてみればいい。中島らもの過剰さはあの青春時代の寡黙のなかで醸成されていたのかもしれない。「狂気」などご愛嬌《あいきょう》だった。外から見れば死んだ魚のように何もしていない時も、彼は真面目《まじめ》だったし、必死だったに違いない。ご多分に漏れず、何度か爆発に至るのは必定だったのである。

「あの中島が恋をした！　生きようとしている！」（本書より）彼らが出会った頃のことだ。行きはよいよい、帰りは怖い。いや、そんなことはけっしてない。放蕩《ほうとう》息子の帰還は悪いシーンではない。くだらない、嘘《うそ》っぱちの映画のようにはいかないだけだ。前衛ジャズの爆音しか聞こえないジャズ喫茶のなかで始まったらもと美代子さんの筆談は、口述筆記の共同作業で終わった（本書を参照されたい）。作家はそうでなくっちゃ！　鬱病のために服用していたトランキライザーのせいで字が書けなくなり、よれよれの体たらくでらもが語る文章を、彼女が代わりに筆写していたのだ。きっと文字が人を生かしたのである。そんな風に言うと、あいつは笑うに決まっているけれど。

美代子さんからのメールに、最近、中島敦の小説を読んでいて、「木乃伊《ミイラ》」や「狐憑《きつねつき》」が好きだと書いてあった。動物や植物の世話をし、オートバイにまたがり、それから中島敦を読む。彼女らしい、渋い趣味だ。らもと美代子さんは、らもの晩年にスペイン語を習い始めていて、ラテン・アメリカ文学の話もいろいろと聞かせてくれた。じゃあ、最近亡くなったカルロス・フエンテスの短編「アウラ」みたいに、今度、誰か文章のうまい奴《やつ》を雇って、家の一室をあてがい、らもの伝記でも書かせればいいじゃないか。きっと家のなかでいろんな事が新たに起こり始め、挙げ句の果てに、その雇われ作家が実は死んだはずのらもも、君自身だったということだってあるかもしれないよ。オリジナルの「アウラ」はいざ知らず、ハッピーエンドになるかどうかは雇った作家の腕次第だけれど。

それでも、いつか世界は終わるだろう。

ト・アーミー初演）を、山内圭哉がプロデュース・ユニット「wat mayhem」で自ら演出・出演、中島さなえ脚色で再演。

2012年（平成24）

２月、短編小説「クロウリング・キング・スネイク」「微笑と唇のように結ばれて」「仔羊ドリー」を映像化した作品『らもトリップ』公開。11月、05年刊行の文藝別冊『中島らも』の増補新版『中島らも　魂のロックンローラーよ、永遠に』刊行。

＊年譜制作/中島らも事務所・小堀純・中島美代子　著書は主な作品を記した。

RAMO REAL PARTY」が開催された。同月、中島らも原作の映画「お父さんのバックドロップ」公開。12月『酒気帯び車椅子』（集英社）刊行。同月末、㈲中島らも事務所閉所。

2005年（平成17）

この秋、中島美代子によって散骨される。2月、文藝別冊『中島らも　さよなら、永遠の旅人』（河出書房新社）刊行。4月、絶筆となった小説『ロカ』（実業之日本社）、7月、コピーライター時代の作品集『株式会社日広エージェンシー企画課長中島裕之』（双葉社）、10月、詩集とライブ映像の合本『中島らもロッキンフォーエヴァー』（白夜書房）刊行。

2006年（平成18）

7月、短編小説集『君はフィクション』（集英社）、8月、笑いの評論集『何がおかしい』（白夜書房）刊行。

2007年（平成19）

7月、半生を共に生きたパートナー・中島美代子著『らも　中島らもとの三十五年』（集英社）刊行。8月、単行本未収録エッセイ・対談集『ポケットが一杯だった頃』（白夜書房）刊行。回顧展「中島らもてん」を、7月に大阪、11月に東京で開催。

2008年（平成20）

2月、『ユリイカ　特集＝中島らも　バッド・チューニングの作家』（青土社）刊行。

2009年（平成21）

5月、長女・早苗が中島さなえ名義で処女エッセイ集『かんぽつちゃんのきおく』（双葉社）刊行。

2010年（平成22）

7月、「中島らも七回忌回顧展～神戸らもてん」開催。8月、中島さなえ『いちにち8ミリの。』（双葉社）で小説デビュー。

2011年（平成23）

4月、中島らも脚本による中華芝居『桃天紅』（94年、リリパッ

2000年（平成12）　48歳

５月『バンド・オブ・ザ・ナイト』（講談社）刊行。

2001年（平成13）　49歳

劇団リリパット・アーミーから引退。トランキライザーなどの副作用で読み書きが不自由となり、口述筆記となる。10月『とらちゃん的日常』（文藝春秋）刊行。

2002年（平成14）　50歳

タイ旅行時、象に乗り蚤《のみ》に嚙《か》まれ、それがもとで帰国後、足の腫れがひどくなり、肝機能の低下もあって２週間入院。４月『空のオルゴール』（新潮社）刊行。６月、向精神薬の使用をやめ、のち４日目に目が見えるようになる。以降は自筆で書く。

2003年（平成15）　51歳

２月４日午後２時30分、自宅にて大麻取締法違反などの容疑で逮捕される。２月24日、起訴。25日釈放。その後、大阪市立総合医療センターに躁病治療のため、70日間入院。４月14日、大阪地方裁判所にて初公判。ここで「大麻は、常習性はないし、人畜無害だ」と、持論の「大麻解放論」をぶち上げる。５月26日、判決。懲役10カ月、執行猶予３年の判決が下る。８月、拘置所の中での思いや体験を綴《つづ》った『牢屋《ろうや》でやせるダイエット』（青春出版社）を刊行。９月『休みの国』（講談社）、10月『ロバに耳打ち』（双葉社）、12月、芝居を小説化した『こどもの一生』（集英社）を刊行。

2004年（平成16）　52歳

６月、語り下ろしによる自伝『異人伝　中島らものやり口』（KKベストセラーズ）を刊行。７月15日、神戸で行われた三上寛、あふりらんぽのライブにギター持参で、飛び入り出演。翌16日未明、酔っ払って階段から転落。病院で意識が回復することなく、７月26日死去。死因は脳挫傷による外傷性脳内血腫。享年52。10月14日、追悼ライブイベント「うたっておどってさわいでくれ〜

『恋は底ぢから』（宝島社）、12月『啓蒙かまぼこ新聞』（ビレッジプレス）刊行。11月〜12月、アルコール性肝炎で池田市民病院に入院。

1989年（平成元）　37歳

３月『貘《ばく》の食べのこし』（宝島社）、６月『僕に踏まれた町と僕が踏まれた町』（PHP研究所）、11月『変!!』（双葉社）、12月『お父さんのバックドロップ』（学習研究社）を刊行。『ガダラの豚』の取材でアフリカに。

1991年（平成３）　39歳

コピーライターとしての看板を下ろす。３月『今夜、すべてのバーで』（講談社）、４月『こらっ』（廣済堂出版）、11月『人体模型の夜』（集英社）、12月『らも咄《ばなし》』（角川書店）刊行。

1992年（平成４）　40歳

『今夜、すべてのバーで』で第13回吉川英治文学新人賞、第10回日本冒険小説協会大賞特別大賞受賞。『人体模型の夜』が第106回直木賞候補。鬱病発症、大阪市立総合医療センターに入院。

1993年（平成５）　41歳

３月『ガダラの豚』（実業之日本社）刊行。『ガダラの豚』が第109回直木賞候補。

1994年（平成６）　42歳

『ガダラの豚』で第47回日本推理作家協会賞受賞（長編部門）。９月『永遠《とわ》も半ばを過ぎて』（文藝春秋）刊行。バンド「PISS」再結成。12月、アルコール依存症と躁《そう》病《びょう》で大阪市立総合医療センターに入院。

1995年（平成７）　43歳

『永遠も半ばを過ぎて』で第112回直木賞候補。12月『アマニタ・パンセリナ』（集英社）刊行。

1996年（平成８）　44歳

４月『訊《き》く』（講談社）、９月『水に似た感情』（集英社）刊行。

1978年（昭和53）　26歳
６月、長女・早苗誕生。
1980年（昭和55）　28歳
バンド「PISS」結成、のち自然解散。㈱大津屋を退職。コピーライター養成講座に通い、大阪電通の故・藤島克彦氏と出会う。
1981年（昭和56）　29歳
この頃からコデイン中毒に。以後、咳止《せきど》めシロップを飲み続ける。
1982年（昭和57）　30歳
広告代理店㈱日広エージェンシーに就職。鬱病発症。ペンネームを「中島らも」とする。「宝島」でかねてつ食品（現・カネテツデリカフーズ）の広告「啓蒙《けいもう》かまぼこ新聞」を連載。
1983年（昭和58）　31歳
「プレイガイドジャーナル」でかねてつ食品の広告「微笑家族」を連載。「啓蒙かまぼこ新聞」でTCC賞準新人賞受賞。
1984年（昭和59）　32歳
11月、「明るい悩み相談室」を朝日新聞大阪本社版日曜版「若い広場」にて連載開始。「啓蒙かまぼこ新聞」でOCC賞、カネテツデリカフーズ「父の日」全面広告で神戸新聞広告賞受賞。
1986年（昭和61）　34歳
２月、初の単行本『頭の中がカユいんだ』（大阪書籍）を刊行。６月、初代マネージャーでもあるわかぎえふと笑殺軍団リリパット・アーミーを旗揚げ。メンバーは、ひさうちみちお、キッチュ（松尾貴史）、鮫肌文殊《さめはだもんじゅ》、ガンジー石原など。のちに同劇団の名物になる「ちくわの狂い投げ」は、全２日公演の２日目から行われた。
1987年（昭和62）　35歳
㈱日広エージェンシー退職。１月『中島らもの明るい悩み相談室』（朝日新聞社）刊行、７月、大阪・北浜に㈲中島らも事務所設立。８月『中島らものたまらん人々』（サンマーク出版）、10月

中島らも略年譜

1952年（昭和27）　０歳

４月３日、兵庫県尼崎市、国鉄（現・JR）立花駅近くの歯科医の次男として生まれる。本名・中島裕之《なかじまゆうし》。

1959年（昭和34）　７歳

尼崎市立七松小学校入学。秘密結社「スカートめくり団」を結成。

1962年（昭和37）　10歳

神戸市立本山第一小学校に転校。

1965年（昭和40）　13歳

超進学校の灘中学校に学年で８番の成績で入学。

1966年（昭和41）　14歳

初めてギターを手にする。友人とバンド「ごねさらせ」を結成。雑誌「ガロ」へ漫画の投稿をはじめる。

1968年（昭和43）　16歳

灘中学校卒業、灘高校入学。

1970年（昭和45）　18歳

神戸・三宮のジャズ喫茶「ニーニー」にて、神戸山手女子短大の長谷部美代子と出会う。その後、ジャズ喫茶「バンビ」にも入りびたる。翌71年、灘高を番外（授業も受けず、テストも受けず）で奇跡的に卒業、神戸YMCA予備校に通う。

1972年（昭和47）　20歳

大阪芸術大学放送学科入学。

1975年（昭和50）　23歳

４年の交際を経て、長谷部美代子と結婚。美代子が働き、学生兼主夫として料理づくりに明け暮れる。

1976年（昭和51）　24歳

大学卒業。印刷会社㈱大津屋に就職。４月、長男・晶穂誕生。

集英社文庫

ら　　も　中島《なかじま》らもとの三十五年《さんじゅうごねん》

2013年2月25日　第1刷
2022年3月13日　第2刷

定価はカバーに表示してあります。

著　者　中島美代子《なかじまみよこ》
発行者　徳永　真
発行所　株式会社 集英社
東京都千代田区一ツ橋2-5-10　〒101-8050
電話　【編集部】03-3230-6095
【読者係】03-3230-6080
【販売部】03-3230-6393（書店専用）
印　刷　大日本印刷株式会社
製　本　大日本印刷株式会社

フォーマットデザイン　アリヤマデザインストア　　マークデザイン　居山浩二

ISBN978-4-08-745041-5 C0195

僕に踏まれた町と僕が踏まれた町

超有名進学校にはいったけれど、僕は明るいオチコボレ……。バナナの皮でマリファナを作ったり、校内酒盛り大会にはしゃいだり、神戸を舞台にフーテン仲間と繰り広げる爆笑必至の青春グラフィティ。

アマニタ・パンセリナ

ここはアブナイ立入り禁止の世界！ 幻覚サボテンや咳止めシロップ、大麻、ＬＳＤに毒キノコなど、人はなぜ快楽を求めるのか。人間の本質が見え隠れする傑作エッセイ。

こどもの一生

瀬戸内海の小島に、サイコセラピーのために集まった五人の男女。薬と催眠術の治療で、彼らの意識は十歳のこどもへと戻ってゆく。抱腹絶倒、やがて恐怖が襲う超Ｂ級ホラー。

中島らもの本

集英社文庫

頭の中がカユいんだ

大阪の街を舞台に、現実と妄想の狭間で、
ワケありギョーカイ人と家出した僕が繰り広げる
面白くもちょっと切ない一大エンターテインメント。

恋は底ぢから

恋は世界で一番美しい病気だ!
ご老人の恋愛、いやらしいパパになる条件、結婚についてなど、
色とりどりの愛のカタチをみずみずしく語るドトーの恋愛講座。

獏の食べのこし

地上の人口は増えているが、獏の数は減っていて、
食べ残す夢の量はどんどん増えている——。
夢の世界をフワフワと浮遊し続けるおかしくって奇妙な愛のエッセイ。

構成／島﨑今日子
編集協力／小堀　純